女子校の『王子様』がバイト先で俺にだけ『乙女』な顔を見せてくる

Toko Haruka
遥 透子
illust. はらけんし

The prince in an all-girls school shows her girly side only to me at my part-time job.

プロローグ

『山吹、デシャップ（配膳スペース）来れるか？　片っ端からサーブ（配膳）頼む！』

「分かりました！　そのまま五番バッシング（片付け）行きますね！　五分後くらいにデザートの注文殺到すると思うんでお願いします！」

『勘弁してくれ！　了解！』

インカムから聞こえてくるキッチンスタッフの怒号じみた声。それに負けない声量で応えながら、俺は早歩きでデシャップに移動する。デシャップは既に沢山の料理で埋まりかけていて、それなのにキッチンでは少ないスタッフがせわしなく走り回っていた。まだまだ注文が相次いでいるらしい。

——我らが『ファミリーレストラン・サイベリア　紫鳳店』は、現在、開店史上最大級の客波に襲われていた。店内を始めウェイティング席までとある高校の女子生徒でパンパンに埋まっていて、入りきらなかった生徒達が駐車場にまで溢れている。テスト期間でもここまで混んだ記憶はない。案内のディスプレイを横目で確認すると現在三十七組待ちとのこと。

……冗談きついぜ。今日は平日シフトだってのに。

「大変お待たせ致しました。デラックスチキンジャンバラヤとキャラメルハニーパンケーキでございます」

「はい！　パンケーキ私です！」

「ちょっ、沙織、こんなに食べれるの⁉」

「今日ちょうど夜ご飯ないって言われてたの。あ、どうもです」

三番テーブルには三人の女子高生が座っている。一人にパンケーキを提供しもう一人の前にはメロンソーダが入ったドリンクバーのグラスが置かれていたので、消去法で残りの一人にジャンバラヤを提供すると、その女子生徒がぺこりと頭を下げた。こういう小さな予想が当たると嬉しいんだよな。

「あのぉ、店員さん。ちょっといいですか……？」

配膳を終えて去ろうとすると、パンケーキの女の子がおずおずと手をあげた。俺は反射的に視線をパンケーキに走らせる。このタイミングでお客様に話しかけられる時は大抵、料理に問題があるからだ。

「――はい、いかがなさいましたか？」

調理ミス？

それとも髪の毛混入？

忙しい時はそういったミスが起こりがちではある。勿論こちらもデシャップでおかしなところがないか確認はするけど、全てのミスをなくせるわけじゃない。こういうことは稀に起こってしまうんだ。俺が視線を戻すのと同時に、女子生徒は頬を赤らめながらサイドに垂らした髪で顔を隠した。

「えっとぉ…………『一織様』はいつ頃このテーブルに来ますか……？」

「はい……？」

想定していたどのパターンの質問でもなく、つい聞き返してしまう。

「一織様です……あの、あそこにいらっしゃる――きゃ――！」

視界に入るのが耐えられない、とばかりに三人が奇声をあげる。

女子生徒が指差した先には、黒いショートヘアをなびかせて颯爽とホールを歩くイケメンの姿があった。モデルのようなすらっとした手足に男性ホールスタッフのユニフォームであるスーツがばっちりキマっていて、ドラマの撮影中と言われたら信じてしまいそうなオーラを纏っている。当店の新人スタッフである彼女がペパーミントのように爽やかな笑顔を振りまくと、付近のテーブルから爆発のような歓声が巻き起こった。

そう――――『彼女』である。近くの女子校・雀桜高校に通う女子高生、立華一織。それがあのイケメンスタッフの正体だった。

「あー、えっと……当店はそのようなサービスは提供してないんですが……」

「そ、そんなぁ……店員さんの力でなんとかなりませんか⁉」

「そうは言われましても……当店はファミリーレストランですので」

俺にはどうすることもできない。しかし女の子も諦めきれないのか必死に食い下がってくる。

俺が対応に困って頭を下げると、頭上から声が降ってきた。

「夏樹、どうしたんだい？」

その声はまさに——今呼ぼうか迷っていた『一織様』のものだった。

「きゃあああああっ！！？」

途端、三人が絶叫する。

他のお客様の迷惑に——と思ったが、現在この店には立華さん目当ての雀桜生しかいなかった。顔を上げると女子生徒達が目をハートマークにしながら立華さんに迫っている。テーブルの上ではすっかり忘れ去られてしまったジャンバラヤが悲しそうに湯気をあげていた。

「こちらのお客様が立華さんに用があるみたいで。悪いけど対応お願いできるかな？」

「了解した。さて……どうしたのかな、君達は」

立華さんがそのアイドルばりに整いすぎた顔を近付けると、女子生徒達が沸騰寸前のお湯のように沸き立った。

「あっ、あっ、あのっ！　私達一織様の大ファンでっ、えっとっ、スーツ姿、かっこよすぎますっ！」

「ありがとう。今日はボクの為に来てくれたのかい？」

「はははいっ！　私達全員一織様のファンクラブにも入らせていただいてて——」

続きが気になるところだが、店内は大混雑を極めている。ウェイティング席に目をやればスーツ姿の立華さんを一目見ようと多くの雀桜生が身を乗り出していた。俺は視線を切って五番テーブルのバッシング作業に移る。二つ隣のテーブルなのでかろうじて会話が聞こえてきた。

「キミ、名前はなんと言うんだい？」

「あ、えっと……沙織と申します……！」

「そうか――沙織、今日は来てくれてありがとう。とても嬉しいよ」

「あっあっあっ」

……やっていることが完全にホストだった。果たしてこれをファミレスの接客と言っていいのだろうか。沙織と呼ばれたジャンバラヤの女の子がテーブルに撃沈し、周りの席からは「ずるい！　ずるい！」とブーイングが鳴り響く。

『夏樹、ホール大丈夫そうか⁉』

「……………正直ヤバいですけど、お客様満足度はピカイチだと思います。料理の提供ちょっと遅れても大丈夫だと思うので、ミスがないようにやっていきましょう」

『あいよっ』

インカムに返しながらダスターでテーブルを拭き上げていく。紙ナプキンと卓上調味料の残量が問題ないかを確認して、最後にテーブルの下にゴミが落ちてないかチェックする。よし、問題ないな。

「立華さん、五番オッケーだから案内してもらってもいい？」

三人の相手をしている立華さんに声を掛ける。服装も相まって、立華さんは見れば見るほど男性にしか見えなかった。『雀桜の王子様』の異名が脳裏によぎる。

「呼ばれてしまったか。では少し行ってくるよ」

三人に華麗なウィンクを残して立華さんはウェイティング席に歩いていく。文句の一つでも言われるかなと三人に視線をやってみれば、三人ともぽーっとした顔で立華さんの背中を見つめていた。完全に恋する乙女の目だ。

……………どうして。

どうしてこんなことになってしまったんだろうか。

ほんの数日前までサイベリアは普通のファミリーレストランだったのに。次のバッシングに移りながら、俺は初めて立華さんと出会ったあの日の出来事を思い出していた——

一章　雀桜の『王子様』

「彼女ができねえよぉー……」

そんな慟哭と共にテーブルに突っ伏したのは、一年生からの友人である佐々木颯汰だ。

これをされるとテーブルに顔の皮脂が付くからあまりやってほしくない、というのがこのファミレスの店員である俺が真っ先に思ったことだったけど、わざわざ言ったりはしない。弱っている時に辛辣な言葉をかけるのは友達のやることじゃないからな。

「まあそのうちできるって。元気だしなよ」

「他人事みたいに言いやがって。そういうお前は欲しくないのかよ、夏樹」

「んー、まぁ欲しいといえば欲しいけどさ。誰でもいいってわけでもないし」

他人事みたい――まさにその通りだ。俺はフライドポテトをケチャップの海にくぐらせてから口に放り込む。塩気の強いポテトとケチャップの酸味が合わさって美味しい。ついつい手が伸びてしまう。

「やっぱうちのポテト美味いよなあ」

「分かる。多めに盛ってくれるしな。バイト入ったらお礼言っといてくれ」

「あいよ」

颯太も起き上がってポテトを食べ始める。三人前はありそうな山盛りのポテトだけど、注文したのは一人前だけだ。俺に気が付いたキッチンの人がサービスしてくれたんだろう。今日のシフトは誰だったか……このふざけた量はもしかして店長かもしれないな。今日はバイトの面接か何かでこっちの店舗にいるって言ってたし。

「それにしてもさあ」

颯太が手に付いたケチャップを舐めながら言う。

「まさか二年生になっても彼女ができないとは思わなかったよな。それも蒼鷹全員だぜ？雀桜との絆はどこいったんだって」

「まあね。正直な話、入学前は俺も簡単に彼女くらいできるんだろうなって思ってた」

同じ町にある男子校と女子校、蒼鷹高校と雀桜高校。

この二校は代々学校ぐるみで仲が良く、カップルが沢山できることで有名だった。俺も勿論その噂は知っていて、蒼鷹生になれば薔薇色の高校生活が待っているんだと思っていた。しかし蓋を開けてみればそんな噂は噂でしかなく、俺は雀桜生と一度も喋ったことすらないまま二年生になってしまった。蒼鷹と雀桜の繋がりは一体どこにいったんだろう。

「なぁ――にが『雀桜の王子様』だよぉ……こんなの聞いてないって……」

もう一度颯太がテーブルに突っ伏す。

――雀桜の王子様。

それは蒼鷹生の中で最近噂になっている、とある女子生徒のことだ。どうやらその生徒が雀桜内で絶大な人気を誇っているせいで、我らが蒼鷹は日照りの毎日を送っているらしい。

名前は……なんて言ったっけ。

「くそぉ……立華一織……許さねえからな……」

颯汰の愚痴のおかげで、その答えはすぐに分かった。そうだそうだ、立華一織だ。

顔も知らないその雀桜生に今、全蒼鷹生は悶々とした負の感情を一方的に向けているのだった。あえてそれに名前を付けるなら「負け犬の遠吠え」かもしれない。本当に可哀想な話なので心の中で同情しておく。

「でもその噂、本当なのかなあ。一人の生徒のせいでここまで何もなくなるなんて」

しかも相手は女子だ。にわかには信じがたい話である。

「そうだけど、実際こうなっちゃってるわけじゃん。俺やだぜ、友達全員童貞のまま卒業するの」

「それは別にいいと思うけど」

他人がどうだろうと関係ないと思うし、別に早く経験すれば偉いってものでもない気がする。

「あ、俺そろそろ行くわ。悪いけどポテト食べといてくれ」

荷物を持って立ち上がる。そろそろバックヤードに行かないと「朝礼」に間に合わない時間だった。

「もうそんな時間か。労働頑張ってくれい」

ポテト片手に手を振る颯汰に軽く手をあげ、俺はバイト先を出た。

そしてバイト先にやってきた。その間およそ三十秒。駐車場を通って裏に回るだけだから当然といえば当然か。

重たい金属の扉を開けると、パソコンを前に難しい顔をしている店長の姿があった。椅子に座っているので長い黒髪が床に付きそうになっている。

「店長、おはようございます」

「ん？　おお夏樹、ポテトは美味かったか？」

そう言ってにやっと笑う店長は、制服を着せたら同年代にしか見えないほど若く見える。でも何歳なのかは誰も知らない。地域密着型のファミリーレストラン『サイベリア』を数店舗経営する社長でもあり、一店舗目でもあるこの店の店長も兼任する年齢不詳の超シゴデキスーパーウーマンだ。

「やっぱり店長でしたか。あれ三人前くらいありましたよ？」

「高校生は沢山食った方がいいんだよ。勿論、食った分は働いてもらうけどな？」

「そりゃもう。ポテトがなくても真面目にやりますけどね」

「流石、次期店長は気合入ってるねえ。私も頼もしいよ」

店長が豪快に笑う。こんな笑い方は十代にできるはずがないので、やっぱり同年代じゃないのは確定だ。

「だから店長にはなりませんって。俺、進学希望なんですから」

「まあまあまあ。返事は焦らなくてもいいからな。ゆっくり考えてくれればいいさ」

俺はありがたいことに店長から結構信頼されている。こうやってサイベリアの店長に勧誘されるのも何度目か分からない。まあ半分くらいは冗談で言ってるんだとは思うんだけどさ。

「そういや店長、面接はどうだったんですか?」

手洗いを終え、更衣室のカーテンを閉めながら気になっていたことを訊いてみる。

「おっ、なんだ夏樹? 可愛い女の子が入ってくるのか気になるのか?」

「違いますよ。採用するなら多分俺が教育係ですよね? どんな人なのか気になっただけです」

店長の言っていることもまあちょっとは気になるけど。それはそれ、仕事は仕事だ。

「ははぁん……………喜べ夏樹! 採用、それも同い年の女の子! 雀桜の二年生だぞ!」

語気を強める店長とは裏腹に、俺のテンションは上がらない。

「雀桜、ですか」

「どうしたんだ夏樹、蒼鷹と雀桜っていえばこの辺じゃ憧れのカップルだろう。私の頃も凄かったんだからな、雀鷹カップルは」

雀桜OBの店長には俺が淡々としている理由が分からないらしい。カーテンの向こうから困惑したような声が聞こえてくる。

確かに例年なら同じバイト先の雀桜生など「カップル確率100％」だったんだろうが、今は違う。蒼鷹と雀桜は国交断絶、大きな隔たりが生じてしまっていた。

「昔はそうだったのかもしれないですけど、今の蒼鷹と雀桜の間には何もありませんよ。立華……なんとかっていう雀桜生が向こうで『王子様』って言われてて、女子人気は全部そっちにいっちゃってるんですすよ」

言ってて少し情けなくなる。それはつまり、一人の女子生徒に全蒼鷹生男子が負けているということだからだ。

漫画のような俺の話を店長は茶化さなかった。

そしてその代わりに――変なことを訊いてきた。

「それって『立華一織』って名前だったりするか？」

「え、店長知ってるんですか？」

店長の口からまさかの名前が飛び出した。『雀桜の王子様』、立華一織の名はこんな所にまで轟いていたのか。

「ああ。だって――さっき面接した子、その『立華一織』だから」

「はっ⁉」

衝撃的な言葉に、俺は半裸なのも忘れて更衣室のカーテンを弾き開ける。

「良かったな、夏樹？」

履歴書から顔を上げた店長が、俺を見てにやっと口の端を吊り上げた。

◆

それから数日が経ち、ついに立華一織の初出勤の日がやってきた。

「私はこれから他の店舗を回ってくるから、新人のことは夏樹、頼んだよ？」

「…………はい」

店長は明らかにこの状況を楽しんでいて、本来なら社員がやるべきオリエンテーションを俺に押し付ける始末。そんなわけで俺はさっきからバックヤード内をうろうろとしていた。流石に気持ちが落ち着かない。

「…………いやいや、仕事は仕事だろ」

ふわふわしている心を一喝する。

別に新人が男だろうが女だろうが、それが雀桜の王子様だろうが関係ない。確かに「実在したのか」という驚きはあるけど、噂だってどこまでが本当か分からない。案外、普通の女の子が来るかもしれないぞ。それなのに教育係の俺が浮足立っていたらきっと立華さんは困惑するだろう。それは店長からの信頼を裏切ることになってしまうんじゃないか。

「……そもそも、一人の生徒が雀桜生全員から惚れられているなんてあるわけがない。イケメンアイドルだったとしても信じられないのに、女の子だなんて」

いくらその辺りが多様になってきた時代とはいえ、流石にフィクションが過ぎる。今どき少女漫画ですらそんな設定ないんじゃないか。読んだことないから分からないけど。

時計の針が進むのがやけに遅く感じる。朝礼まではあと十五分。来るとしたら、多分そろそろだ。

もう一度姿見の前に立ち、コロコロで制服を綺麗にしていく。何度もやっているのでもうホコリ一つ付いていない。

「整理」「整頓」「清掃」「清潔」「しつけ」の5Sは飲食店で働く上では何よりも大切だ。俺がそこを欠かしていては、それを見た立華さんは「あ、こんなものでいいんだ」と思ってしまうだろう。俺のせいで立華さんの評価が下がるのは頂けない。

俺がコロコロをフックに戻すと同時──重たい金属の扉が、音を立てて開いた。

振り返る。

目が合う。

「今日からここで世話になる立華一織という者だが──店長さんはいるだろうか？」

――とんでもないイケメン美少女が、そこにいた。

◆

あまり女性をジロジロと見るのは失礼だと分かっているんだが、つい見てしまう。それくらいは許してほしい。立華一織は蒼鷹生にとってどんなアイドルよりも気になる存在だ。

「これで合っているかい？」

「大丈夫。その後は手のひらと指の間ね」

「了解した」

手洗いをする立華さんをチェックしながら、ちらちらと全身を確認する。

少年のようにも見える黒髪のショートヘアの下には切れ長の大きな瞳が燦燦と輝き、その視線は壁に貼り付けてある「手洗いのすすめ」へと真っすぐに注がれている。すらっとした綺麗な鼻筋の先には薄ピンク色の唇が控えめに存在を主張していて、それらが完璧なバランスで配置されていた。とにかく顔が小さくて俺はつい確かめるように自分の頬を触ってしまう。

身長はかなり高い方だ。俺と目線がほぼ変わらないから、恐らく１７０センチくらい。雀桜の制服のスカートから健康的な長い脚が真っすぐ伸びていて、つい目が止まる。

そういやサイベリアの制服のサイズはいくつだろうか。あとで聞かないといけないな。

「手首は五回ずつでいいよ」

「おっと。やりすぎてしまったか……これでどうだろうか？」

立華さんがピカピカになった手を俺に見せてくる。白い指が彫刻みたいに綺麗だった。冗談みたいに整った顔で見つめられ、不意打ちをくらった胸が高鳴る。イケメンにときめく女の子の気持ちが分かった気がした。

「完璧。じゃあ――うん、どうしようか」

段取りを何も考えていなかった俺は、早速困り果てた。なにせオリエンテーションなどやったことがない。考える時間もなかった。

「店長さんはいないのかい？」

立華さんの声は少しかすれたようなハスキーボイスで、不思議と聞いているとホッとする。世間で大バズりしている女性シンガーソングライターに少し似ている気がした。つまりイケボだ。

「困ったことにね。一応俺が立華さんの教育を任されているんだけど」

「そうなのかい？　えっと……山吹夏樹、でいいのかな？」

立華さんがぐいっと顔を近づけて俺の名札を見る。すると香水をつけているみたいに、ペパーミントのような爽やかな匂いが鼻腔をくすぐった。

「うん、よろしくね立華さん」

「こちらこそよろしく、夏樹」

いきなり下の名前で呼ばれ面食らってしまう。立華さんは俺に微笑みを一つ残して、奥の荷物置きに歩いていく。

「荷物はここで構わないかな？」

「うん。適当に空いてるスペースに置いちゃって大丈夫」

「思ったよりも広いね。これがバックヤードというやつか。店の裏側がこうなっているなんて想像もしなかったよ」

立華さんはきょろきょろと周囲に視線を彷徨わせて呟く。初出勤なのにどうしてこんなに堂々としていられるんだろう。自分の初出勤の時とはえらい違いだ。あの時は何もかもが初めてで、責任感に押し潰されそうになっていた気がする。職場でリラックスできるようになったのは一か月以上先のことだった。

「………あの噂、絶対本当だ」

俺は確信する。

これは、勝てない。

勝てるわけがない。

『雀桜の王子様』、立華一織は——どうしてこんな所にいるのか分からないレベルのイケメンだった。ボーイッシュ系女優としてテレビに出ているか、ファッション雑誌の表紙を飾っているか、そうでもなければどこかの国の王子様にでもなっていないとおかしいようなオーラを纏っていた。

冗談ではなく、本気でそう思った。

「夏樹、制服を頂きたいんだが」

荷物を置いた立華さんが戻ってくる。歩き方まで凛として様になっていた。

「あ、ああ――そうだった。サイズって分かる？　多分SかMだと思うけど」

「そうだね……夏樹が着ているのは？」

「これは確かMだったかな」

答えると、立華さんが目の前までやってきて、俺の身体に添わせるように両手を伸ばす。腕は流石に俺の方が長い。なんの自慢にもなりはしないけど。

「Mでこれなら、私はSだろうね。ピッタリしている方がかっこよさそうだ」

「あ、でも男性用と女性用でデザインが違うからどうだろう」

多分店長の趣味なんだろうけど、うちの制服は男女ともにかなり凝っている。キッチンとホールでまず違うし、ホール用は男性はスーツに蝶ネクタイ、女性は丈の短いメイド服だ。

俺が女性用の制服を棚から出そうとすると、立華さんが驚きの提案をする。

「いや、夏樹が着ているのと同じデザインがいい。それを貰えないだろうか？」

「………ちょっとそれは俺じゃ決められない気がするなあ」

はっきり言って、サイベリアは店長のワンマン企業だ。店長がいいと言えば基本的にどんなことでも通るという、驚きのシステムを採用している。だから本来なら店長に相談するところだけど……店長はこう言った。

――夏樹、あとは任せたよ。

なら、ここは俺が判断しなければならない。それなら答えは一つだった。それに、多分店長も同じことを言うような気がしたんだ。

「いいや、立華さんは男性用で」

「いいのかい？　今しがた決められないと言っていた気がするが」

「立華さんのことは店長から任されてるんだ。だから、いいよ」

男性用の制服を手渡すと、立華さんが真っすぐ俺の目を見て笑った。

「ありがとう、夏樹。どうやらボクはいい先輩に巡り合えたようだね」

その笑顔を見て悟った。――――完全にお手上げだ。『雀桜の王子様』に勝てる男なんているわけがない。俺達、彼女を作るのは諦めた方が良さそうだぞ。

明日登校したら、そう颯太に打ち明けようと思う

◆

何事もやらせてみるのが一番、というのがこの一年サイベリアで働いた俺の持論だった。そんなわけで俺達はいきなりホールにやってきている。

「おお、これがホールか。流石に少し緊張するね」

本当に？

と、つい訊いてしまいそうになるくらい立華さんは落ち着いていた。物珍しそうに店内やお客様に視線をやっていて、緊張している様子は全くない。俺が初めてホールに出た時なんてちょっと足が震えたのに。

「じゃあ一通り案内するね。ついてきてくれるかな」

「了解した。済まないがよろしく頼む」

立華さんを連れてホールを一周する。レジやカウンター、テーブル番号などを教えるだけだからそこまで時間は掛からないと思ったんだが――残念ながら俺の見立ては甘かった。

……………いや、こんなの誰が予想できるんだよ。

立華さんが足を止めた。視線の先には十五番テーブル。そこに座っているのはスーツ姿の若い女性が二人、恐らくは仕事終わりのOLだろう。こちらを見て顔を赤くしている。立華さんを見ているのは明らかだった。

今の立華さんはサイベリアの男性用制服であるスーツ姿。一見すると、いや、じっくりと観察した上でもただの超絶イケメンにしか見えない。服装の先入観もあるといえど、まさか女の子だなんて思いもしないだろう。

「あの子達、可愛いね」

立華さんは小さくそう呟くと、二人に向かって軽く手を振った。自分より遥かに年上の社会人を捕まえて「あの子達」ときたか。勿論お客様に向かってそんな態度はタブーである
……………が。

その瞬間――――OL二人組はハジけた。

「…………わお」

二人の間でなんらかの感情が爆発したのが分かった。口元を押さえたりテーブルに突っ伏してみたりと激しく身体を震わせている。それがどういう感情なのかは想像に難くない。こうやって蒼鷹生は冬の時代を過ごすことになったのか。

「ふむ、ウェイトレスはボクの天職かもしれないな」

「いやいや、違うから。今のは接客じゃないからね」

「そうなのかい？」

きょとんとした表情で首を傾げる立華さんは、どこまでふざけているのか判断が難しい。顔

が整っているとなんでも本気で言っているように聞こえる。

「お客様に手を振ることはホールの仕事に入ってないから。それはホストとかそういう夜の職業だと思う」

「ホストか、それもいいね」

やはり本気なのか分からないことを口にする立華さん。きっとホストになったらめちゃくちゃ人気が出るんだろうな。

「じゃあ、ホールの仕事を教えてくれるかな？」

「勿論。その為にホールに来たからね。じゃあ早速接客の練習をしてみようか」

気を取り直し、ホールの入り口へと移動する。いくら暇な時間とはいえ他のスタッフさんに一人でホールを任せてしまっているので、ふざけている暇はない。

「まずは案内から。俺がお手本を見せるから、立華さんはお客様として入ってきてくれる？」

「了解した」

立華さんが店のドアから出ていき、そして戻ってくる。カランカランと来店を告げるベルが鳴る。

――その瞬間、俺の中でスイッチが入る。そうプログラムされているみたいに、自然と笑顔に切り替わる。立華さんがイケメンだとかそういうことは頭の中からすっ飛んでいく。

今目の前にいるのは一人の『お客様』だ。

「いらっしゃいませ。何名様でしょうか？」

「あ、えっと……二人かな」

「二名様ですね。それではご案内致します」

片手をあげ、窓際の少し小さめのテーブル席へ案内する。足音で立華さんがついてきているのが分かった。

「こちらの席でお願い致します。ごゆっくりどうぞ」

自然と下がっていた頭を上げると、立華さんが不思議そうな目で俺を見ていた。何か変だったかな。

「夏樹、なんだか急に人が変わったね？」

「そうかな？」

確かに仕事モードに切り替えたけど、そこまでの違いはないと思うんだよな。

「全然違う。笑顔なんか見せちゃってさ」

「笑顔は接客の基本だから。立華さんも笑顔で接客するんだからね」

「それは任せてくれ。笑顔は得意分野なんだ」

そう言って立華さんは雑誌の表紙みたいな微笑を浮かべる。かっこいいけど何か違う気もした。それはおもてなしの笑顔ではなく、誰かを魅了する時の笑顔なんじゃないだろうか。さっきのOLに見せた日には、きっととんでもないことになる。

◆

正直に言えば、立華さんがちゃんと接客できるのか、かなり不安だった。いきなりお客様に手を振るなんて、そんなことは俺の常識にない。話し方もちょっと変わっているし、果たして俺の見本通りにやってくれるかどうか。

――――と、思っていたのだが。

「いらっしゃいませ。何名様でしょうか？」

にこやかで愛想のいい笑みを浮かべた立華さんが俺を出迎えた。人が変わったような態度に思わず言葉が詰まってしまう。

「っ、三人で」

「三名様ですね。それではご案内致します」

流麗な動作で歩いていく立華さんの背中を、俺は驚き半分、感心半分の気持ちで見つめる。

どうやら立華さんは、一度俺の接客の仕方を見ただけで完璧にマスターしてしまったらしい。

それは本当に凄いことだ。普通、言葉は覚えられても、緊張してすらすらと口から出てこない。

「こちらの席でお願い致します。ごゆっくりどうぞ」

立華さんがぺこりと礼をする。俺は立華さんが顔を上げるのを待ち、拍手を送った。

「凄い、凄いよ立華さん。完璧だ」

「そうかな？　それは嬉しいね」

立華さんは王子様モードに戻っていた。つい、言ってしまう。

「まさか普通に接客できるなんて。てっきり王子様モードでやるのかと思ってたけど」

「ほう？」

俺の言葉に反応して、立華さんは挑発的な目を俺に向けた。マズいと思ったがもう遅い。

肩に手を乗せ、耳元に顔を近付けてくる。

「――――これでやっていいなら、そうするけど？」

「っ⁉」

耳がイケボに蹂躙され思わず後ずさる。一瞬の出来事で何が起きたのか理解が追い付かない。ただひたすらにドキッとした。注意しようと顔を上げると、立華さんはいたずらが成功した子供のような笑みを浮かべていた。

「そ、それでやっていいのは友達が来た時だけ！　あとは普通に今の感じで接客すること。分かった？」

「はーい。了解したよ、夏樹」

俺がつい言ってしまったその言葉のせいで、まさかあんなことになるなんて――この時の俺は全く予想していなかった。

◆

「はあああっ⁉ おい夏樹っ、それマジかよ⁉」

「ちょっ颯汰、声デカいって」

すぐにでも言いたい気持ちをなんとか昼休みまで我慢し、俺は昨日の出来事を颯汰に打ち明けた。驚くだろうなとは思っていたけど颯汰のリアクションはそれ以上で、食べていたご飯粒がこちらに飛んできてテーブルに着地した。跡が付く前にティッシュでさっとふき取る。

「わ、悪い……でも流石にびっくりするって。夏樹は昨日知ったのか？」

「実は一週間前くらいから知ってたんだけどさ。噂になったら困るから言わなかったんだ」

自然とひそひそ声になる俺達。颯汰の大きな声でこちらに注目していたクラスメイトも、これ以上情報が耳に入ってこないと悟るや興味を失ってそれぞれの会話に戻っていく。

「なるほどな……で、どうだったんだよ？」

「どうだったって？」

「見た目だよ見た目。マジで『王子様』だったのか？」

「それはまあ、うん。見た目というか……存在自体が。俺達が雀桜生から相手にされないのも仕方ないって感じたね」

俺の言葉に、颯汰が推理を始めた探偵のような真剣な表情になる。

「なんだよそれ、めちゃくちゃ気になるじゃん。俺、見に行こっかな」

「いいけど、ちゃんと売上に貢献してくれよ。今日だったら俺も立華さんもシフト入ってるけど」

「お、じゃあ行くわ。ポテトいい感じに頼むぜ？」

「あいよ。分かってると思うけど、この話は秘密だからな？」

蒼鷹生の中には一方的に『雀桜の王子様』をライバル視している人間も少なくない。変な雰囲気になってお店に来られても面倒だし、立華さんに迷惑がかかってしまうかもしれない。

「分かってるって。でも、無駄だと思うぞ？　噂なんてすぐに広がっちまうからな」

「それでもだよ。自然にバレるならそれはもう俺の責任じゃないからね」

というか、すぐにバレるんだろうなと思っている。立華さんの纏うオーラはどう考えてもなんの変哲もない街のファミレスであるサイベリアには相応しくない。きっと「もの凄くイケメンな店員がいる」とか噂になって、それがあの『雀桜の王子様』だということは、一か月もすれば蒼鷹生の耳にも入ってしまうんじゃないか。

◆

そんなわけで、立華さんがサイベリアで働いていることはいずれ蒼鷹生全員の知るところになるんだろうな——と考えていたんだが。

「な、なんだこりゃ……？」

人。

人人人人人人人人。

放課後サイベリアにやってきた俺達は、ホールを埋め尽くさんばかりの、いや実際に埋め尽くして駐車場まではみ出している人だかりに足を止めた。

「おい夏樹、サイベリアって何かフェアでもやってるのか？」

颯太もびっくりした様子で人だかりを眺めている。

「いや、そんな話はなかったと思うけど……」

たとえあったとしても、こんな騒ぎになるはずがない。間違いなく俺がサイベリアで働き始めてから一番の混雑具合だった。

呆気に取られながらも人だかりを観察してみると、あることに気が付く。

「これ、全員雀桜生じゃないか……？」

そう、人だかりを形成している全員が雀桜の制服を着ているのだ。どうやら雀桜生の集団がなんらかの理由でサイベリアに押し寄せているらしい。

……嫌な予感がした。

「悪い颯太、今日ナシでいいか？　俺ちょっと行ってくるわ」

「お、おう……バイト頑張ってな……？」

困惑している颯太を置いて、俺はバックヤードに駆け出した。

◆

「おお夏樹！　マジでいいところに来た！　悪いけど今すぐ入れるか⁉」

バックヤードに入ると、冷凍庫を漁っていた先輩の宗田さんがガッチリとした筋肉質の身体を揺らしてこっちに向かってきた。いつもはピークタイムでも余裕でキッチンを捌いている宗田さんがこの様子ということは、きっと中は地獄だ。一瞬で状況を理解し急いで手を洗う。

「手洗ったらすぐ入ります。ホールでいいですか？」

「おう、悪いけど頼む！　あのかっけえ新人の子が一人で頑張ってるから助けてやってくれ！」

「ええっ、一人ですか⁉」

まさかの状況に思わず聞き返してしまう。立華さんはまだ教育すら全然終わっていないのに。

「キッチンが全然人足りてなくてよ。そしたらあの新人が『ボクに任せてくれ』って出ていったんだ。そういうことだからマッハで頼むわ！」

そう言い残して、宗田さんは勢いよくドアの向こうに消えていく。

「……大丈夫かな、立華さん」

昨日教えたのは案内とバッシングだけだし、案内に関してはまだ実際にお客様相手にやってもいない。とにかく不安だ。俺は急いでスーツに着替えると、ホールに飛び出した。

「おはようございます！　今日も一日よろしくお願いします！」

「一織様っ、こっちにもスマイルお願いしますうううっ！」

俺を出迎えたのは嵐のような黄色い歓声だった。

「あっあっマジ無理尊すぎ死ぬ」

「写真……写真撮らなきゃ……今日来れなかったみんなの為にも……！」

ホールを埋め尽くす雀桜生に思わずたじろいでしまう。勝手知ったるサイベリアが、今はまるで雀桜高校そのものになってしまったようだった。とてつもないアウェー感に背筋がビリビリと痺れる。

　そして――その中で強烈な存在感を放っている存在が一人。

「ふふ、全く仕方ない子猫ちゃん達だね。あまりボクを困らせないでおくれよ？」

　スーツ姿の立華さんが、沢山の雀桜生に囲まれながら、ラムネみたいに爽やかな笑顔を周囲に振りまいていた。背の高い立華さんは女の子に囲まれていてもどこにいるかすぐに分かったし、表情もはっきりと見えた。

「………な、なんだこりゃ」

　一瞬、アイドルのライブ会場にでも来てしまったのかと錯覚する。それくらい立華さんは輝いていて、皆の目はハートマークになっていた。

「ほら、皆席に戻ってくれるかな。店の迷惑になってしまうからね」

「分かりました……」

「一織様、絶対私達の席に来てくださいね？」

　立華さんの一言で、雀桜生達が名残惜しそうにそれぞれのテーブルに散っていく。

　そして、残された立華さんと俺の目が合った。俺に気が付いた立華さんが悠然とした足取りで近付いてくる。二日目にして既に「慣れ親しんだ我がサイベリア」といった風格だ。

「夏樹。来てくれると信じていたよ」

　立華さんは相変わらずイケメンで、近くで見るとやっぱりドキッとした。ここまで顔が整っていると性別なんて関係ないのかもしれない。いや、立華さんはれっきとした女の子なんだけどね。

……それはそれとして。

「今ってどんな状況？　何か困ってることとかある？」

「今のところは問題ないよ。案内は昨日夏樹から教えてもらったからね」

ざっと周囲を見渡してみると、まだどのテーブルも案内したてのようだった。蒼鷹も雀桜も下校時間はそう変わらないだろうから、俺と同じく皆来たばかりなんだろう。

……キッチンがてんやわんやするわけだ。普通はこの時間から夜のピークタイムに向けて色々準備し始めるのに、いきなり夜でもありえないようなピークタイムに突入したんだから。

「実は今日、学校で知り合いにアルバイトを始めたと打ち明けたんだ。そうしたらいつの間にか噂が広まってしまってね。この有様というわけさ」

立華さんが軽く両手を広げた。そんな一挙手一投足を各テーブルから皆が見守っている。カメラアプリのシャッター音がいくつも響いた。

「うちの生徒で席が埋まってしまったけれど、もしかして迷惑だったりするだろうか？　もしそうなら心苦しいがボクが皆に伝えるよ。大丈夫、皆聞き分けのいい子達だから」

言葉の割に平然とした表情で立華さんは言う。本当に心苦しいと思っているんだろうか。もしくは自分の言葉は絶対に理解してくれるという自信があるのか。恐らく後者だろう。

「それは大丈夫。テスト前は学生で埋まったりするしね。ちゃんと注文してくれれば問題ないよ。ドリンクバーだけで数時間粘られたりしたらちょっと困るけど」

「そうか、それは安心した。なら沢山頼んでくれるように皆にお願いしておくよ」

それはそれでキッチンの人が困るだろうな――そう思ったけど、立華さんを前にして俺は何も言えなかった。


そんなわけで突如訪れた激動の一日は驚くほど一瞬で過ぎていき、気が付けば退勤の時間になっていた。時間が経つにつれ徐々に数を減らしていったものの、まだ何人かの雀桜生がそれぞれのテーブルから立華さんに熱い視線を送っている。門限は大丈夫なんだろうか。

立華さんもこの一日でかなりレベルアップを果たし、普通のお客様にはマニュアル通りの接客を、雀桜生には王子様モードで接客するという器用な技を完璧にマスターしていた。昨日は否定してしまったけど、立華さんには接客の――というか人前に出る才能があるんだろうな。

「流石に疲れたな……」

バックヤードに戻って退勤の打刻をすると、どっと疲れが噴き出してくる。雀桜生も売上に貢献しようと軽食やデザートなどを沢山頼んでくれたので、キッチンからも嬉しい悲鳴があがっていた。

「……うわ、今日の客単価千五百円超えてる。沢山頼んでくれたなあ」

「それは凄いのかい？」

パソコンで夜九時時点のデータを見ていると、後ろから立華さんがディスプレイを覗き込んでくる。すぐ横に顔があって少しびっくりした。

「うん、これは凄いよ。客単価っていうのはお客様が一人当たりいくら使ってくれたかってデータなんだけど、いつもは千円くらいだから。雀桜のみんなにありがとうって伝えておいてくれると嬉しい」

「売上に貢献してくれたみたいだね。分かった、伝えておくよ」

立華さんは満足そうに退勤のボタンを押す。その表情には疲れというものがあまり感じられない。今日はめちゃくちゃ忙しかったのに、この時間でも背筋がピンと伸びている。

「凄いね、立華さん。全然疲れてるように見えない」

「そうかい？」

立華さんは意外そうに目を丸くする。しかし、すぐにいつものかっこいい表情に戻った。

「当然だけど疲れているよ。凄くね。でも夏樹の目からそう見えないというのなら、それはボクに染み付いた癖が理由だろうね」

「癖？」

立華さんが雀桜の制服を持って更衣室に入る。そうだ、立華さんは女の子だった。分かっていても頭がエラーを吐きそうになる。

カーテンが閉まる。静かなバックヤードに衣擦れ音が響き、程なくしてセーラー服に身を包んだ立華さんが現れた。どっちが似合っているかと言われれば、これは完全に個人的な意見になるけど、サイベリアのスーツ姿の方が見ていてしっくりくる。勿論口に出したりはしないけど。

立華さんは俺の前に立つと、目を少し細めてキメ顔を作った。

「常に誰かに見られていると意識しているんだ。だから、夏樹の前でも表情を崩さないのさ」

また明日――そう言い残して、立華さんは颯爽とバックヤードから出ていった。

「……………イケメンすぎだろ」

ドアの向こうに消えていく立華さんの背中を見送りながら、俺は無意識に呟いていた。

◆

あの日の売上はサイベリアの平日最高記録を達成したらしい。高い客単価で九時までずっとウェイティングが出ていたらさもありなんという話ではあるんだが、店長の反応は淡泊だった。

――何故なら、その記録はたった一日で破られたからだ。

立華さん目当てに連日訪れる雀桜生により、サイベリアは過去最高の潤いを見せていた。

結果的にこの一週間でサイベリア紫鳳中央店は最高売上を三度更新し、全店歴代トップの記録を三十万円も上回る大記録を打ち立てた。

……そして、上がっていく売上に比例するようにスタッフの疲労もピークに達していた。

「店長、流石にそろそろ限界っす。この人数じゃ回らないっすよ」

そう言って疲れた様子で項垂れるのは大学生の三嶋さんだ。いつもは金色の長髪をばっちりセットしてくるかっこいい三嶋さんも、ここ二日ほどはセットをサボっている。目の下には隈が目立ち、声にも覇気がない。

「……そういう意見はみんなから貰っているよ」

店長は珍しく難しい顔をして、売上が表示されたディスプレイを見つめている。今は高校生のお客様が帰った夜の九時半。俺と立華さんが退勤する時間でもあった。

「夜のスタッフの頑張りは私も理解している。速やかに人員を増やすことを約束しよう。だが、今日明日から今の状況が改善できるわけではない」

店長はそう言うと、俺の隣にいる立華さんに視線を向けた。店長も今日はずっとキッチンに立っていたので顔には疲労が浮かんでいる。

「…………？」

対照的に立華さんは涼しい表情だった。立華さんだって疲れているはずなのに、全くそうは見えない。それが立華さんの努力の賜物だということを俺は知っている。

「この混雑の理由——それは一織の王子様接客だ。売上が上がるのは非常にありがたいことだが、このままでは店がもたん。悪いが自重してもらうしかないな」

店長の言っていることはぐうの音も出ないほど的を射ていた。何も間違っていない。テーブルのほとんどを埋めている雀桜生や噂を聞きつけた女性客は、立華さんの王子様接客を期待してやってきた客だ。立華さんがマニュアル通りの接客をするだけで混雑はマシになるだろう。

「……そうか。流石に皆に迷惑はかけられないね。分かった、これからは普通の接客を心掛けるよ」

店長の行動は正しい。店長には店を、そして従業員を守る義務がある。このままではクレームに繋がるようなミスが起きかねないし、最悪の場合、誰かが倒れる可能性だってある。そんなのは嫌だ。

だけど……俺は納得できなかった。

隣にいる立華さんの顔が見れない。立華さんはいつものように涼しい顔をしているのかもしれない。でも、俺にはどうしてもそうは思えなかった。

何故って――――この数日の立華さんは凄く楽しそうだったから。

「……待ってください、店長」

気が付けば、口を挟んでいた。

「ん？　どうしたんだ夏樹」

「立華さんの接客は今のままで大丈夫です」

「いや、そうは言ってもだな」

店長の低い声。ここは勢いで押すしかない。ワガママかもしれないけど、それ以外何も思いつかなかった。

「やっと今の忙しさでも回せるようになってきたんです。俺がキッチンもフォローするので、立華さんには今のままやらせてあげてほしいんです。その方がお客様だって喜んでくれるはずですよね？」

「うーん……それはそうかもしれないが……大丈夫なのか夏樹？　負担が大きくなるぞ？」

お客様のことを出されると店長も強く出られないのか、歯切れが悪くなる。お客様の笑顔が増えているのは紛れもない事実なんだ。

「大丈夫です。三嶋さんも、もう少しだけ協力してくれませんか？」

俺が頭を下げようとすると、三嶋さんが溜息をつきながら手で制してくる。

「高校生がガッツ出してるのに、大学生の俺が弱音吐くわけにもいかねえし。それに女子高生が沢山来るのは目の保養になるからな。あとちょっとだけ頑張ってやるよ」

「ありがとうございます！」

結局俺は頭を下げてしまった。それを見て、店長が面白そうに笑う。

「やはり一織を採用して正解だった。まさか夏樹がそんなに燃えるなんてな」

「俺は元々サイベリアの為に頑張る男ですよ」

お金を頂いている以上、一生懸命やるのは当たり前だ。誰だって同じ気持ちだと思う。

「サイベリアの為、ねえ。どう思う三嶋ぁ？」

「いやあ、若いっていいっすね。あ、俺そろそろキッチン戻りますわ」

「私もちょっとレジ見てくるかな。じゃあ二人ともお疲れ様。気を付けて帰れよ？」

二人はニヤニヤしながらキッチンに消えていく。途端に静かになったバックヤードに、俺と立華さんが残された。速やかに退勤処理を済ませる。

「ごめんね、口を挟んじゃって」

更衣室に引っ込みながら、立華さんに謝る。

「どうして謝るんだい？」

隣の更衣室から声が返ってくる。声色から感情は読めなかった。

「立華さんの気持ちを訊かずに勝手に決めちゃったからさ。もしかしたら迷惑だったかなって」

立華さんが楽しそうに接客していた、なんてのはあくまでも俺の想像でしかない。内心はこの忙しさに辟易していたかもしれないし、周りの負担になっている現状を心苦しく思っていたかもしれないんだ。

俺としては立華さんの気持ちが今すぐ聞きたいくらいだった。でも、立華さんはそこで会話を打ち切った。衣擦れの音だけがバックヤードに響いて、俺は徐々に不安になる。やっぱり迷惑だったのかな。

隣の更衣室のカーテンが開く音がした。立華さんは着替えるのが速い。女子の制服って着るのが簡単なんだろうか。

……このまま帰られると、次に顔を合わせる時にちょっと気まずい。

「夏樹、帰りは電車かい？」

カーテン越しに、声がした。

「そうだけど……どうして？」

俺達は仕事が終わるとサイベリアで解散するので、俺は立華さんが電車通学なのかすら知らなかった。というか顔と名前と性別以外は何も知らない。俺達の関係はまだ「同じバイト先の人」止まりだ。

「それなら――良かったら駅まで一緒に帰らないかい？」

駅へと続く大通り沿いの広い歩道を俺達は歩いていた。この時間にもなると車通りもまばらで、等間隔に並ぶ街灯と信号だけがぼんやりと駅までの道を照らしている。駅前まで行けばまだ少し活気もあるけど、この辺りはもう静かだ。

「今日は星がよく見えるね。おおぐま座もおとめ座もはっきりと見える」

俺の隣をあの『雀桜の王子様』が歩いている。立華さんの隣にいるだけで、俺まで立派な人間になったような気がするから不思議だ。

「おおぐま座とおとめ座？　ごめん、分からないかも」

立華さんと出会って一週間が経った。

俺は教育係として基本的に立華さんとずっと一緒にいた。でも、びっくりするくらい立華さんのことを何も知らない。この一週間はずっと忙しくて、私語をする時間なんてほとんどなかったからだ。

だから、うん。正直に言えば、結構話題に困っている。

「あそこに北斗七星があるだろう？　あれがおおぐま座の尻尾なんだ。尻尾の先をずっと辿っていくと、一際輝く星がある。あれが春の大三角の一つ、アルクトゥールス。うしかい座だね。そして三角形を作っているもう一つの明るい星が、おとめ座のスピカだよ」

ちなみに三角形の残りの一つはしし座のデネボラ。ボクの星座だね――――立華さんはそう続けた。立華さんの指先をなんとなく辿っていくと、それっぽい星が見つかる。しし座って確か夏の生まれだったっけ。立華さんのことをついに一つ知れた。

「立華さん、星が好きなの？」

「プラネタリウムで流れていた説明を暗記しているだけさ。子供の頃に連れていってもらったことがあってね」

「そうなんだ。でも、いい趣味だと思うよ」

「そうかな？」

ていく。

「うん。綺麗だし」

星を眺めていると、隣に立華さんがいることもつい忘れてしまいそうだった。緊張がほぐれていく。

「さっきの話だが」

立華さんが急に話題を変えたので、俺は星空から目を切って立華さんに視線をやった。立華さんは真っすぐ前を見据えていて、その先では歩行者用の青信号が今まさに赤信号に変わろうとしている。

俺達は信号に捕まって足を止めた。

「ありがとう、夏樹。ボクを庇ってくれたんだろう?」

立華さんが真っすぐ俺を見る。視界の端でそれが分かった。少し悩んだ末に目を合わせてみると、やはり冗談みたいに整った顔が暗がりの中で俺を見つめていた。赤信号が反射して、顔が少し赤い。

「庇った、ってほどでもないよ。忙しいのは俺の働きが足りてないってことでもあるし、最近は徐々に上手くやれてきてる自覚もあったんだ。だからあの場で言ったことの半分くらいは本音だよ」

忙しさに追われるとなんとなく負けた気になるというか。そういう感情が俺の中にあった。俺がもっと要領よく回せていたら慌ただしくならずにすんだのに……みたいな。

「もう半分は？」

立華さんは表情を変えずに、首を僅かに傾げる。俺が雀桜の女の子だったら今の仕草だけで恋に落ちてるな。蒼鷹の男の子で良かった。

「――俺は君の教育係だから。立華さんを守ってあげるのが俺の役目だと思うんだ」

「…………そうか」

信号が青になった。どちらからともなく俺達は歩き出す。

ふと気になって横目に立華さんの顔を確認すると、頰に信号の赤色がまだ残っていた。

この一週間で蒼鷹生の間でも『雀桜の王子様』が俺のバイト先で働いていることは噂になっていた。今のサイベリアは雀桜生のたまり場になってしまっているので蒼鷹生が押しかけてくることはなかったけど、その代わりに俺は一つのミッションを頼まれてしまっていた。

「蒼鷹と雀桜の歴史？」

「うん。立華さん、そういうの知ってるかなって」

曰く、両校は学校ぐるみで仲が良く生徒の交流も深いとか。

曰く、蒼鷹生と雀桜生のカップルはいつまでもラブラブで上手くいくだとか。

そういうことを果たして立華さんは知っているんだろうか。全く興味なさそうだけど。

「それはあれかな、何年に創立したとかそういう歴史？」

「いや、そうじゃなくて。どう言ったらいいかな……」

恋愛系の俗っぽい話を立華さんにするのは、なんだか神聖な存在を穢してしまうような気がして、俺は言葉を継げなくなる。そんな話を一織様に聞かせないでよ、とその辺りの茂みから雀桜生が飛び出してきそうだ。

俺が何も言えないでいると、立華さんが代わりに口を開いた。

「もしかして、雀鷹カップルのことかな?」

「……知ってたんだ」

これは意外だった。立華さんはそういう下々の者が好きそうな話に興味がないと思っていた。

「雀桜の皆がこう言うんだ——私、蒼鷹なんてどうでもいい。一織様さえいればそれでいいんです——ってね」

「ああ……やっぱりそういう感じなんだ」

この一週間で雀桜の空気がこれでもかってくらい理解できた。そしてそれを引き起こしている立華一織という人間の魅力も。正直言って、蒼鷹の男子を全員集めても立華さんの魅力に敵いっこないだろう。

「もしかしてボクのせいで蒼鷹生は寂しい学生生活を送っていたりするのかな」

「立華さんのせいかは分からないけど、例年よりカップルが少ないのは間違いなさそうだね」

俺は嘘をついた。間違いなく立華さんの影響だし、正確には少ないのではなくゼロだ。

駅前が近付き、人通りが増え始めた。すれ違うサラリーマンや学生が皆、立華さんを見て驚いたような顔をする。女子高生にしてはかなり背が高いし、何より顔が整い過ぎているからだろう。その子はお前の彼女なのかと探るような目が俺に向けられることもあった。安心してください、俺と立華さんは只のバイト仲間です。

「そうだったのか。でもボクは謝らないよ。それは皆の気持ちに失礼だと思うから」

「うん。立華さんは何も悪くないよ。これは蒼鷹生の魅力が足りてないってだけの話だから」

話はこれで終わり──のはずだった。俺が無理難題を押し付けられてさえいなければ。

「……実はさ、来月に蒼鷹祭っていうイベントがあるんだ」

「蒼鷹祭？」

「早い話が体育祭なんだけどね。例年雀桜の生徒が沢山見に来てくれて、凄く賑わうらしいんだ。雀鷹カップルのほとんどは蒼鷹祭でできるって言われてるくらいでさ」

ちなみに去年は既に女っ気皆無だった。ということは、当時一年生の立華さんは入学一か月かそこらで雀桜生全員の心を鷲摑みにしたらしい。

「なるほど、このままでは蒼鷹祭が盛り上がらないというわけだね」

納得したように立華さんが言う。ここからが本題だ。

「情けないことにね……実は俺と立華さんが同じバイト先で働いているのが蒼鷹生にバレてさ。なんとかならないかってお願いされちゃったんだ」

我ながら、何様なんだと思う。俺と立華さんはまだ知り合って一週間しか経っていない。友達でもない。断じて頼みごとをできるような関係ではなかった。

「申し訳ないんだけど、立華さんの力でなんとなったりしないかな？」

変なことを言っている自覚はあるけど、流石に全校生にお願いされては動かないわけにもいかない。まあ断られたら断られたで「無理だった」と報告するだけだ。

……多分断られるだろうし。協力する理由が立華さんには何一つない。

「うーん、そうだね……」

立華さんは考え込むように顎に手を当てる。駅はもう目の前だ。立華さんが何線かは分からないけど、きっと改札で解散することになる。

「夏樹はどう思ってるんだい？」

「え？」

駅舎に入ったところで立華さんが口を開いた。スマホをいじっていた近くのサラリーマンが一瞬だけ俺達に視線を向けるのが分かった。立華さんを見て驚いたような表情になり、すぐに顔を引き締めてスマホに目を落とした。立華さんはどこにいても目を惹くんだな。

「皆に頼まれたと言っていたじゃないか。そういうことではなく、夏樹自身がどう思っているのかを知りたいんだ。蒼鷹祭に雀桜生がいた方が夏樹は嬉しいのかい？」

立華さんが俺を見る。切れ長の瞳に縫い留められ、顔が動かせない。

「………そうだね。その方が頑張れると思う」

なんとか吐き出した俺の言葉に、立華さんは何故か満足そうに頷いた。

「そうか。ならその件はボクがなんとかしよう」

「えっ、いいの？」

驚いた。まさか引き受けてもらえるなんて思っていなかった。

「でも、一つ条件がある」

「条件？」

一体何をお願いされるんだろうか。立華さんに頼まれることとなんて、何一つ思い浮かばない。

「――蒼鷹祭で夏樹のかっこいい姿をボクに見せること。当日、期待しているからね」

立華さんは瞳のシャッターを切って俺を写真の中に閉じ込めた。ウインクされたんだと分かる頃には、立華さんの背中は改札の向こうに消えていた。

◆

「なにィ!?　オッケーだと!?」

俺の報告を聞いて、教室中から地鳴りのような歓声が巻き起こる。同じ歓声でもサイベリアで聞く雀桜生の黄色い声とはえらい違いだった。

――――ここは男子校、蒼鷹高校二年一組。

約一年間女っ気なしで耐え忍んできた男達は、来月の蒼鷹祭で待っているであろうアバンチュールを夢見て喜びの声をあげた。

「うん。昨日立華さんにお願いしてみたんだけど、なんとかしてくれるって」

昼休み、俺の机を囲むように皆が集まっていた。いつの間にか他のクラスの奴らまで来ていて、教室がパンパンになっている。

「それって、蒼鷹祭に雀桜の子が沢山来てくれるってことでいいんだよな⁉　先輩から貰った写真みたいに！」

そう言って三組の武田？　だったかがスマホを見せてくる。写っているのは仲が良さそうに肩を組んでいる男女。男はうちの体操服で、女は雀桜の制服だった。きっと蒼鷹祭で知り合ってカップルになったんだろう。羨ましい限りだ。

「多分そういうことだと思う。俺も具体的な話は聞いてないけど」

「うおぉおおおおおっ！！！！！　マジでありがとうな山吹！　命の恩人だ！」

また教室が沸き立つ。感動のあまり抱き合っている奴らまでいた。大袈裟な……と言いたいところだけど、これが大袈裟でもなんでもないことを俺は身に沁みて分かっている。

「ところで山吹、『雀桜の王子様』ってどんな見た目なんだ？　俺まだあのファミレス行けてないんだよ、雀桜生ばっかで入りづらくてさ」

四組の増岡が俺の机に尻を乗せながらそんなことを訊いてくる。増岡とは一年生の頃に同じクラスだったから、少し親交があった。ガタイの良さを活かしてサッカー部の次期エースとして活躍しているらしい。

「それ俺も気になってた。やっぱかっけーのかな？」

「俺一回だけ駅でそれっぽい人見たことあるけどヤバかったよ」

「確か友達が同じ中学だった気ィすんだよなー」

そこかしこから声があがる。

『雀桜の王子様』は蒼鷹生にとって誰よりも気になる存在だった。

「どんな見た目って言われてもなあ。とりあえずかっこいいのは確かだけど」

でも、俺はこの一週間で思ったことがある。立華さんが『雀桜の王子様』と呼ばれているのは、見た目だけが理由じゃない。

なんというか……存在自体がかっこいいんだ。

性格も、仕草も、何もかもが。

「女子としてはどんな感じ？　山吹はもし付き合えるってなったらどうする？」

教室のどこかからそんな質問が飛んできて、俺は言葉に詰まる。

男女問わず、立華さんが誰かと付き合っているという姿がイメージできなかった。誰かの隣にいる立華さんが想像できない。あの人はずっと誰かの憧れで、誰か一人の特別になるなんてことはないんじゃないか。

◆

「一織様が男と⁉　それは本当なの？」

「間違いありません！　りりむ、この目でしっっっかりと確認しました！」

雀桜高校、視聴覚室――普段は薄暗いその部屋は、放課後になると別の姿を見せる。

その名は『一織様を陰ながらお慕いする会・総本部』。決して狭くはない視聴覚室は、放課後にもかかわらず数十人の生徒でぎゅうぎゅうになっている。

「そ、それで⁉　一織様とその男はどんな感じだったの⁉」

黒板の前に立っている三年生が焦った様子で唾を飛ばす。今この場にいる全員が「駅で男と二人で歩いている一織様を見た」と報告した一年生を固唾を呑んで見守っていた。

「えっと、改札で二人は別れたんです。一織様が先に改札をくぐって」

一年生の言葉に、皆が胸を撫でおろす。

「そ、そう……良かった……」

「……でも」

一年生はそこで言い淀む。空気に緊張が走った。

「でも……どうしたの？」

「……私、一織様と同じ電車に乗らせていただいたんです。おこがましくも近くに座らせていただいて。あっ、勿論一織様の視界に入るような抜け駆けはしていませんよ⁉」

「分かった分かった。それで？」

小柄な一年生は、その瞬間を思い出すと今でも夢を見ていたんじゃないかと思うくらいだった。まだ入学して一か月だけど、初めて目にしたその時からずっと一織様を見てきた。そんな私ですらあんな一織様は見たことがない。

「一織様……笑ってたんです。いつものかっこいい笑い方じゃなくて、幸せを噛み締めるみたいに」

それがどれだけ珍しいことなのか、この場にいる全員が瞬時に理解できた。

「私、あの瞬間だけは一織様が女の子に見えたんです。今日お会いしたら、いつもの素敵な一織様でしたけど……」

一年生は崩れ落ちるように席に座った。教室には重苦しい静寂がのしかかる。

「……とにかく、その男の素性を調べよう。話はそれからだ」

リーダーと思しき三年生がなんとか口を開く。

――その男が蒼鷹高校二年・山吹夏樹だということは、程なくして雀桜生全員の知るところとなる。

二章 『王子様』のお気に召すまま

あれから一週間が経過した。暦は五月に差し掛かり、蒼鷹祭はもう目前に迫っている。

立華さんは大丈夫だと言っていたけど本当に雀桜生は来てくれるんだろうか。もし来なかったら俺が全蒼鷹生から詰められると思うと、少し胃が痛い。

サイベリアの方は流石に客足も少し落ち着いてきた。皆景気よくお金を使ってくれていたから財布が悲鳴をあげているのかもしれない。そんなわけで、俺と立華さんは仕事中にちょくちょく私語をする関係になっていた。

「そういやさ」

立華さんがレジのお金を数えながら口を開いた。時刻は午後九時ちょうど。お客様も少ないし、これが退勤前最後の作業になりそうだ。

「ボク、夏樹の連絡先知らないよね」

「連絡先？」

確かに立華さんとは交換していなかった。連絡先を交換しておくとスムーズにシフトを交換できたりするので、サイベリアでは同じ時間帯に入る人とは連絡先を交換しておくのがスタンダードなのにもかかわらずだ。教育係という都合上、俺と立華さんは常に同じシフトに入っているので逆に気が付かなかったな。

「確かに立華さんはもう初心者卒業だし、五月からは俺とシフトが分かれることもあるか。連絡先を交換しておいた方が良さそうだね」

そう言うと、立華さんは持っていた千円札の束から顔を上げた。

「シフト？　それが何か関係あるのかい？」

「え、シフト交換の為じゃないの？」

そこで、立華さんは何故か「言われてみれば」というような驚きの表情を作った。

「もしかして、それ以外で連絡するのは迷惑だったりするのかな」

今度は俺が驚く番だった。

「いや、別にそういうわけじゃないけど……」

寧ろ、いいの？　という気持ちが強い。俺なんかが立華さんと？

俺の返答に、立華さんはふっと小さく笑った。

「良かった。なら退勤したらルインのアカウントを教えてくれるかな」

それっきり立華さんはレジチェックの作業に戻ってしまったので、俺は手持ち無沙汰になりぶらぶらと店内をラウンドすることにした。

……歩きながら、さっきの立華さんの態度がずっと気になっていた。

◆

『もし良かったら、今日サイベリアでお茶しないかい？』

翌日、五時間目の休み時間にまさかの人物から連絡が来た。昨日連絡先を交換したばかりの立華さんだ。誰かに見られたらマズイと思い、慌てて席を立って廊下に出る。

「なになに……サイベリアでお茶……？」

今日は俺も立華さんも休みだ。つまりこれはバイトのついでにちょっと話そうよという話ではなく、サイベリアで普通に食事をしようってお誘いだった。

「………マジか」

心の中に嬉しさと困惑が広がる。それと、雀桜生に見られたらどうしようという恐怖。

「それにしても、立華さんがどうして俺を……？」

「ん？　何してんだ夏樹？」

「おわっ⁉」

トイレ帰りと思しき颯汰に声を掛けられ、スマホを落としそうになる。

「ちょっ、急に声かけんなって」

「なんだ夏樹、スマホ隠したりして………もしかして彼女か⁉」

「違う違う、ちょっとバイト先の人から連絡きただけ！　ほら、教室戻ろうぜ」

俺は急いで「了解」とだけ返すと、スマホをポケットに突っ込んだ。


「やあ、いきなり誘って悪かったね」

もしかしたら冗談かもしれない――そう思っていたんだけど、立華さんは本当に四番テーブルに座っていた。

「こっちこそ待たせちゃったみたいでごめん。一応急いで来たんだけどさ」

「構わないよ。どうやら雀桜は蒼鷹より若干早く終わるようだからね」

「そうなんだ。それは知らなかった」

言われてみれば初めてサイベリアに雀桜生が殺到したあの日もそうだった。俺と颯太が着いた頃には既にサイベリアはいっぱいになっていたっけ。

立華さんの向かいのソファに座り、なんとなくキッチンの方を見てみる。すると店長がにんまりと笑みを浮かべながら俺達を見ていた。店にはいないことも多いのに、どうして今日に限っているんだか。

「夏樹、お腹は空いているかな？」

立華さんが注文用タブレットに視線を落としながら言う。

「んー、減っているといえば減ってるけど。家にご飯があるからなあ」

「じゃあポテトにしようか。夏樹を待っていたらさっき店長が来てね、サービスで大盛にしてくれるらしいんだ」

「あ、店長と話したんだ」

店長め、既に知っていたというわけか。絶対面白がってるんだろうな。

立華さんがタブレットをホルダーに戻すと同時、店長が水を持ってやってきた。

「お客様、こちらお水でございます………ふふっ」

「ちょっと、何笑ってるんですか。接客がなってないですよ」

「いやいや、すまん……ではごゆっくりどうぞ」

ごゆっくり、の部分をあからさまに強調して、最後までニヤつきたっぷりで去っていく。店長がキッチンに引っ込んだのを確認した後、俺は水を一口飲んで本題を切り出した。

「ところで立華さん、今日ってなんの用事？」

「用事？　そうだね――――」

立華さんは相変わらずの飄々とした態度で俺の顔をじっと見つめてくる。何もしていないのに雑誌の一ページみたいに絵になる人だ。

「――ただ夏樹と話したかっただけって言ったら、どうする？」

まさかの状況に俺の頭はフリーズした。これまで恋愛の「れ」の字も経験してこなかった俺でも、流石にこの立華さんの態度は分かる。

……俺は今、立華さんに好意を向けられている。

多分。きっと。

「ど、どうするって言われても……」

「赤くなった。意外と照れ屋だね、夏樹」

「いや、そりゃ照れるって……いきなりそんなこと言われたらさ」

寧ろ、どうして立華さんがそんなに平然としていられるのかが不思議だった。立華さんって今、俺に告白してるようなものだよな⁉

顔が熱くて仕方ない。助けを求めるように水を喉に流し込んだけど、いくら飲んでも落ち着きやしない。一瞬でコップが空になる。

そんな俺と対照的に、立華さんはにやにやと笑みを浮かべながら俺を観察していた。

「夏樹、コップが空じゃないか。これ飲むかい？」

そう言って指し示すのは、立華さんの手元にあるコップだ。水がなみなみと入っている。

「いやいや、いいって」

「どうしてだい？」

「どうしてって言われてもさ……」

あなた、さっきそれに口つけてましたよね？

間接キスなんですけど？

もしかして分かってて言ってますか？

「是非とも理由を聞かせてほしいな。喉が乾いているんだろう？」

そう言う立華さんは、これ以上ないってくらい意地の悪い笑みを浮かべていて。

――そこで俺は、自分が揶揄われているんだと気が付いた。

全ての熱が一気に引いていく。何故だか凄くホッとした。

「……立華さん、俺で遊んでるでしょ」

「あらら。バレてしまったか」

バレてしまっては仕方ない、とばかりに立華さんは俺に差し出していたコップを引くと、そっと口を付けた。真っ白な喉がごくりと動く。

「流石にね。立華さんらしくなかったもん」

「ボクらしくない、か。意外と観察されているのかな」

「勿論。立華さんのことはいつも見てるよ」

なんたって俺は立華さんの教育係だから。

立華さんがサイベリアを好きになってくれるかは俺にかかっていると言っても過言ではない。

俺を教育係に抜擢してくれた店長の期待に応える為にも、立華さんは俺がしっかりとサポートしないと。

「…………まさかすぐにやり返してくるとはね。意外と好戦的じゃないか」

「？　どうかした？」

立華さんが顔を隠す様に、両手でコップを包んで口元に運ぶ。

さっきはそんなことなかったと思うけど、頬が少し赤い気がした。もしかしてちょっと暑いのかな、店長に言えばエアコンの温度を下げてもらえるけど。

「お待たせ致しました。フライドポテトでございます」

ちょうどいいところにニコニコ笑顔の店長がやってきた。四人前くらいのフライドポテトがテーブルに置かれる。

……いや、多いな。

「ありがとうございます。店長、ちょっとエアコン下げてもらってもいいですか？　立華さんが少し暑そうなので」

俺の言葉を聞いて店長が立華さんに目をやる。立華さんがコップから口を離して何かを言おうとしたけど、ちょうど口の中に水が入っていた。先んじて店長が言う。

「なるほどなるほど。中々やるじゃないか夏樹」

「何がです？」

「いやいや、なんでもないさ。じゃあ少しだけ下げてこようかね」

妙ににやついた笑顔で店長は去っていった。言葉の意味は分からなかったけど、これで大丈夫だろう。

「それでさ、本当のところ、今日ってなんの集まりなの？」

ポテトをつまみながら聞いてみる。塩気が絶妙でついつい手が止まらない。誰が作っても同じだと思うかもしれないけど、塩の振り加減でポテトの美味しさは全然違うんだよな。この店では店長の作るポテトが一番美味い。

水を飲んで落ち着いたのか、立華さんの頬の赤みは消えていた。

「そうだね、そろそろ本題に入ろうか。蒼鷹祭について教えてほしいんだ」

「蒼鷹祭について？」

「ほら、去年から雀桜生は参加していないんだろう？　学校で蒼鷹祭の話題を出してみたんだが、知っている人が三年生しかいなくてね。一、二年生に説明する必要があると思っているんだ」

「そういうことならお安い御用だよ。何か聞きたいとかある？」

立華さんが雀桜生を説得できるかどうかで蒼鷹祭の盛り上がりは大きく変わってくる。その為の協力なら惜しむつもりはない。

「そうだね……まずは蒼鷹と雀桜の関係について訊きたいな。ボクはその辺りを知らずに入学したから」

「蒼鷹と雀桜の関係？　カップルが多いとかそういう話？」

「うん。夏樹は入学する前、どういう高校生活を思い描いていたのかな」

立華さんがポテトの山に手を伸ばす。笑顔なのはポテトが美味しいからか、それとも俺の話が楽しみだからか。後者なら嬉しいけど、残念ながら大した話はできない。

「そうだなあ……恥ずかしいんだけど、正直すぐに彼女ができると思ってた。それこそ早い人は春の蒼鷹祭でリア充になるって先輩から聞いてたから」

「ふむ、中学生の夏樹少年は大志を抱いて蒼鷹に入学したわけだね。しかし、それが裏切られてしまったと」

立華さんは何故か凄く楽しそうだった。他人事のようでもある。裏切られたのは立華さんが原因でもあるんだけどなあ。

………いや、別に申し訳なさそうにしてほしいわけじゃない。立華さんは悪くないんだ。ただかっこよすぎただけなんだ。

「蒼鷹祭って蒼鷹生の中じゃ特別なイベントでさ。何故かっていうと、蒼鷹祭が雀桜生と知り合う一番のチャンスだって言われてるんだ」

俺にできるのは蒼鷹生がどれだけ蒼鷹祭に懸けてるのかをアピールすることだけだ。それが伝われば立華さんも雀桜生の勧誘を頑張ってくれるはず。

「中間テストに向けて勉強するくらいならコンマ一秒でも徒競走のタイムを縮めてリレー選手の権利を獲得した方がずっといい。リレーでアピールできれば薔薇色の高校生活が待ってるから——って結構本気で言われてるくらいでね。俺も去年はそれを真に受けて放課後にグラウンドを走ったりもしたよ」

冷静に考えれば絶対にテスト勉強を頑張った方がいい。でも、それに気が付かせないだけの魔力が蒼鷹祭にはあったんだ。

「それで、リレーの選手にはなれたのかい？」

「なんとかね。今年も出る予定なんだ」

今年のリレーの選手争奪戦は去年に比べて楽だった。クラスが変わって陸上部が分散したのもあるけど、全く盛り上がらなかった去年の蒼鷹祭が影響しているのは間違いない。リレーに出ても雀桜生がいないんじゃ……と手を抜いた人が結構いたんじゃないかな。

「じゃあボクが雀桜生を連れてくることができれば、夏樹は大チャンスなわけだ」

「そうだね。リレーが一番盛り上がるだろうし」

それで立華さんの魅力に勝てるかと訊かれたら全くそうは思わないけど、見てもらわなければスタートラインにも立てやしない。去年がそうだった。今年は違うと信じたい。

「蒼鷹祭に懸ける夏樹の想いは充分伝わったよ。きっと雀桜生にとっても同じくらい大切なイベントだったんだろうね」

さっきまで笑顔だった立華さんもいつの間にか真剣な表情になっていた。

「蒼鷹と雀桜の関係って話でいえば、他にも合同でやるイベントがあったり、修学旅行が同じ日程で同じ場所だったりした年もあったみたい。そこまでいくともう同じ学校じゃんって感じだけど」

ちなみに俺達の代の修学旅行は京都だ。来年の春が今から楽しみで仕方ない。

「修学旅行まで同じとは徹底しているね。蒼鷹と雀桜の関係はよく分かったよ」

俺達は同じタイミングでポテトに手を伸ばした。ケチャップが入ったカップの中でお互いのポテトがわずかに触れる。

「では次の質問に移ってもいいだろうか。夏樹は雀桜生と付き合うことを夢見て蒼鷹に入学したと言っていたけど――」

改めて言われるとこっ恥ずかしい。望んでいたというより期待していたというくらいのニュアンスだったんだけど、ちゃんと伝わってるかな。俺は蒼鷹の中じゃ割とがっついてない方だし、そういうのは自然にできたらいいなと思っているんだ。

「――彼女にするならどんなタイプがいいんだい？」

「え？」

まさかの質問にびっくりしてポテトを落としそうになった。

「こういう高校生活が送りたいと想像の一つくらいはしていたんだろう？　どんな彼女が隣にいたのかと思ってね」

「……それって今回の件に関係ある？」

「勿論だよ。是非とも教えてほしい」

いつになく真剣な表情の立華さんについ騙されそうになるけど、これ絶対関係ないよね？

「どんなタイプって、そんな急に言われてもなあ……」

なんとなくのイメージはあるけど、ズバッと言える好みのようなものはすぐに思いつかない。

「まさか誰でもいいわけではないだろう？」

「それは勿論だよ。相手にも失礼だし」

付き合えるなら誰でもいい、なんてそんなのは恋愛とは言えないと思う。恋愛に飢えている他の蒼鷹生だって、その一線だけは守っているんじゃないかな。

……………多分。

「でも具体的にって言われると――」

「例えばさ、夏樹の目の前に雀桜生が一人いるわけだけど」

立華さんが俺の言葉を遮って、真っすぐ俺の目を見つめてくる。

「アルバイト先も同じで、放課後に二人でお茶をする仲だ。気が付けば一緒にいる時間は凄く長い。そんな雀桜生が目の前にいるわけだけど――ボクは夏樹の目にどう映っているのかな？」

時が止まる。サイベリアの喧騒が凄く遠くにうっすらと聞こえて、世界に俺と立華さんしかいなくなってしまったような気がした。

「あ……えっと……」

きっとこれは冗談だ。

さっきと同じように俺を揶揄ってるに違いない。そんなことは分かっている。

「ふふっ、顔が真っ赤だよ？」

分かっていても、この圧倒的な存在に俺はどうすることもできなかった。「蛇に睨まれた蛙」の上位互換として「イケメンに見つめられたモブ」という言葉を作って辞書に登録したい。そうすれば俺の気持ちを一言で説明できるのに。

「た、立華さんは…………凄く頼りになる……新人だと思ってる。これからも一緒に働けたら……えっと……嬉しいかな」

「流石は夏樹、上手く逃げたね？」

まともに顔を上げられない俺を肴に立華さんが水を飲んでいる。表情は見えないけど、きっといい笑顔で笑っているんだろうなあ。

三章　『王子様』と蒼鷹祭

蒼鷹高校が誇る春の一大イベント『蒼鷹祭』の日がやってきた。

……立華さんが「やると言ったらやる人」だということは分かっている。それでも心のどこかにはまだ不安があった。去年のがらんとした蒼鷹祭を知っている俺には、あの広いグラウンドが雀桜生で満員になるなんてどうしても想像できなかったんだ。

だから――目の前の光景は去年以上に衝撃的だった。

教室から見下ろすグラウンド。そこは数えきれないほどの雀桜生でごった返していた。去年はぽつぽつと生徒の家族くらいしかいなかった観戦用のスペースが、フレッシュなセーラー服でぎゅうぎゅうに埋まっている。

「おいおいおい！　雀桜の子めちゃくちゃ来てるじゃねえか！」

颯汰が声を荒らげながら教室に駆け込んでくる。俺達が窓際に集まっているのに気が付くと、人波を掻き分けるように俺の元にやってきた。

「おはよう、颯汰」

「ういっす！　これ夏樹がやってくれたのか!?」

「俺というか立華さんがね。何をどうやったのかは俺も分からないけど」

結局、立華さんはどうやって雀桜生を蒼鷹祭に呼び寄せるのかを教えてくれなかったんだよな。逆に妙に意味ありげな表情で俺のクラスを訊いてきたけど、あれは一体なんだったんだろうか。蒼鷹祭は学年縦割りのクラス対抗戦だから、もしかして俺のクラスを応援してくれるのかな。

「マジでありがとな夏樹……俺、泣きそうだよ……！」

「俺もだ……今ならなんでもできそうな気がする」

涙に濡れた屈強な男共がわらわらと俺に抱き着いてくる。

「だーっ、くっつくな暑苦しい！　泣くのは彼女ができた時まで取っときなって」

残念ながらゴツい男に抱き着かれて喜ぶ趣味は俺にはない。ぐいぐいと皆を引きはがして、改めてグラウンドに視線を落とす。ここからじゃ顔までは鮮明に見えなくて、立華さんがどこにいるのかは分からない。でもきっとどこかにはいるはず。

『――蒼鷹祭で夏樹のかっこいい姿をボクに見せること』

立華さんは約束を守ってくれた。だから、今度は俺が約束を守る番だった。

グラウンドに出る時間が近付いてきた。

さっきまで窓際で雀桜生を眺める作業に勤しんでいたクラスメイト達も、今は各々の席でジャージに着替え始めている。いつもは適当に着崩しているのに今日は皆ハーフパンツの位置を腰付近で念入りに調整していた。

この少しの違いで彼女ができると信じているバカヤロウ達が、俺達蒼鷹生だ。俺も一応、自分なりに一番かっこいいと思う腰の位置にハーフパンツをセットしている。

聞こえるはずのない声が聞こえたのは、そんな時だった。

「失礼するよ。雀桜の立華一織という者だが、山吹夏樹はいるだろうか？」

立華一織がドアの向こうから現れた。

――目の前の光景を脳が現実だと認識してくれない。『蒼鷹の教室』と『立華さん』という組み合わせは、決して結びつかないものとして俺の中で分類されているからだ。

さっきまで騒がしかった教室が嘘みたいに静まり返っていた。男子校の教室に女子が、しかもあの『雀桜の王子様』がいるという異常事態を前に、誰も声を出すことができない。クラスメイト全員が立華さんに目を奪われていた。

立華さんは俺に気が付くと、軽く手をあげて教室の中に入ってくる。まるで自分の教室みたいな気軽さだった。

「おはよう夏樹。いてくれて助かったよ」

立華さんが俺の傍にやってきた。いつでも仄かに汗臭い男臭まみれの教室が、一瞬にして爽やかなミントの香りに包まれる。

「えっと……立華さん、どうして……？」

立華さんは来賓用のカードホルダーを首にかけている。正式な手続きをしてやってきたんだということがショート寸前の頭でもかろうじて分かった。

「どうして、か。話せば長くなるんだけど……聞きたいかい？」

「できれば手短にお願いしたいかな」

何せ、さっきから空気が痛い。皆の視線が針のように俺の顔を突き刺していた。

……………親愛なるクラスメイトよ、どうしてそんなドス黒い目で俺を見るんだい。さっきまで俺を命の恩人だと言ってくれていたじゃないか。

「そうか、なら用件だけ伝えるが――――夏樹、キミの制服を貸してくれないか？」

「え、どうして？」

手短にとお願いしたのは俺だったけど、流石に経緯を訊かざるを得ない要求だった。

「これは夏樹にとっても喜ばしいことだと思うんだが、実は雀桜の生徒がチアガールとして参加することになっていてね」

立華さんはいつも通りの落ち着いた表情で、とんでもないことを言い出した。

チアガール――――その言葉に教室がざわつく。

「ああ、勿論両学校の許可は取っているよ。ボクが入学する前までは毎年そうしていたらしくてね、話もスムーズだった」

確かに先輩から見せてもらった写真にはチアガールが写っていた。夢のような光景だったな。

「……………もしかして、立華さんもチアガールを？」

「いや、ボクも興味はあったんだが何故か皆に止められてね。代わりに別のお願いをされたんだ」

「お願い？」

そこで立華さんは少し困ったような表情を浮かべた。すらっと伸びた細い眉が僅かに歪む。

「蒼鷹祭の日、蒼鷹の制服を着て過ごしてくれ――――とね」

雀桜の立華さんファンはサイベリアで沢山見てきたから、その様子は簡単に想像することができた。迷惑をかけないように遠くから眺めるだけの人もいれば、ぐいぐい話しかけてくる人もいる。俺も何度か勤務中の立華さんについて訊かれたっけ。

「普段なら断るんだが、今回はボクのお願いを聞いてもらった立場だからね。一肌脱ぐことにしたんだ」

俺のせいで立華さんはそんなことをする羽目になってしまったのか。ただただ申し訳ない気持ちになる。

「なんかごめんね、元はといえば俺のお願いなのに」

「いや、男子の制服にも興味がないわけじゃなかったからね。これはこれでいい機会だと思っているよ」

確かに立華さんはこの状況を楽しんでいるように見えた。サイベリアで男性用の制服を着用しているのも自分から言い出したことだったし、男装が好きなんだろうか。

とりあえず、話は大体分かった。

「なるほど、つまりそれで俺の制服を？」

「他に知り合いもいないからね。それに夏樹なら身長もそう変わらないだろう？」

「まあそうだね、全然着れるとは思う」

俺と立華さんの身長はほとんど同じ。横幅は勿論立華さんの方が細いけど、まあ全然問題ない範囲だ。

「制服を貸すのは構わないよ。いつ着替えるの？」

「できれば今がいいな。更衣室はないだろうから適当にその辺で着替えてくるよ」

「その辺で⁉」

「ボクの着替えに興味がある人は稀だろう。では少し借りるよ」

「え、ちょっ」

そう言って、立華さんは俺の制服を持ってどこかに消えてしまった。

……………いくら立華さんが『雀桜の王子様』とはいえ。

いくら立華さんが男子顔負けのキザな性格をしているとはいえ。

いくら立華さんが男の俺ですらついドキッとしてしまうくらいかっこいいとはいえ。

その辺で着替えるのは流石にまずい。

だって立華さんは女の子なんだから。

悶々とする俺をよそに（話を聞いていたクラスメイトも同じ気持ちだろう）、程なくして立華さんは帰ってきた。

――正真正銘の、超絶イケメンになって。

「……………おお」

教室中でざわめきが起こった。俺もつい声を漏らしてしまう。蒼鷹の制服に身を包んだ立華さんは、完全に学園ドラマの主人公だった。

「どうだろうか、似合っているかな？」

そう言って俺にウインクを飛ばす立華さん。分かってやっているんだとしたら相当罪深い。

「正直、言葉が出ないよ。めちゃくちゃびっくりしてる。こんなにかっこいい人は初めて見たかもしれない」

テレビで見る芸能人を含めてもだ。それくらい似合っていた。

「夏樹にそう言われるのは嬉しいね。雀桜の皆にも喜んでもらえそうだ」

その言葉に、教室中が凍り付いたのが肌で分かった。

え……俺達これと戦うの……？——皆の顔にそう書いてあった。我がクラス一番のイケメンであり、陸上部二年のエースである日浦ですら立華さんの前では路傍の石だ。石ころが太陽に勝てる道理はない。

「ふふ、当たり前だけど夏樹の匂いがするね？　なんだか変な気分だよ」

立華さんが袖を顔に近付けて笑う。どうして立華さんはいつも、人がドキッとする仕草をナチュラルにやってのけるんだ。

「では放課後また返しにくるよ。ボクの制服は夏樹の机に置かせてくれ」

立華さんが教室から去っていく。女子の制服というドリームアイテムが目の前にあるのにもかかわらず、誰もがそれに見向きもせずに立華さんの背中を見送っていた。

◆

静寂が場を支配した頃、誰かがぼそっと呟いた。

「夏樹、まさか俺らに黙って彼女ができたわけじゃ——ないよな？」

その言葉を皮切りに俺は一瞬でクラスメイトに囲まれてしまった。助けを求めて颯汰の姿を探すも、なんと俺を背中から摑んでいるのがその颯汰だった。

友よ、お前もか。

「――夏樹」

クラスメイトを代表するように学級委員長の羽田が一歩前に出た。おかっぱ頭に黒縁眼鏡という、いかにも勉強ができそうな見た目なのに頭が悪いという珍しい奴だ。しかしその代わりにあふれ出るユーモアセンスでクラスをまとめ上げている我がクラスのリーダー。

「分かるよな。俺達が聞きたいのはたったひとつのシンプルな答えだ」

羽田はよくアニメや漫画の台詞を引用して喋る。今の台詞もどこかで聞いたことがある気がした。

「さっきのとんでもないイケメンは――夏樹の彼女なのか？」

「違うよ」

即座に否定する。俺と立華さんが付き合っているというのはあまりにも現実離れした邪推だった。

そもそも立華さんって男に恋愛感情あるのかな。その辺、よく分かっていなかった。

「立華さんはただのバイト先の知り合い。そして聞いての通り、蒼鷹祭に雀桜の女の子が来てくれたのは立華さんのお陰なんだ」

そもそも来てくれなくなったのが立華さんのせいだという話もあるけど、それは口にしない。

雀桜生が立華さんを選んだというだけのことだ。

「つーかさ、つーかさ！　『雀桜の王子様』めちゃくちゃヤバくなかった⁉　芸能人かと思ったんだけど!」

誰かが言う。すると、それを呼び水にそこかしこがざわつき始める。

「いやマジでそれ。ぶっちゃけ勝てねえって感じだったよな。完全に性別を超越してるわ」

「これちょっとキモいかもだけど……夏樹の制服を着てるの見た時、正直ドキッとしたもん。乙女になっちゃったかも」

誰も本気で俺と立華さんが付き合っているとは思っていなかったのか、話題はすぐに『雀桜の王子様』にシフトする。

「……俺、思ったんだけどさ、もしかして雀桜の子って俺達じゃなくて立華一織を見に来たんじゃないか……?」

誰かが言った。その一言で教室に沈黙が流れる。それは立華さんの制服姿を見た瞬間からきっと誰もが思っていたことだった。

「――お前ら、なに弱気になってんだよ」

その沈黙を破ったのは日浦だった。いつもより数段髪のセットがキマっている、今日に全てを懸けている男。

「俺らが活躍すりゃ雀桜生だって注目するだろ。折角夏樹がチャンスを作ってくれたんだ。ここで頑張らなくてどうするよ」

その言葉が、教室に熱を取り戻す。

「確かに……去年はチャンスすらなかったもんな」

「女の子がいるってだけで儲けもんかも」

「よっしゃ、優勝して全員でリア充になろうぜ！」

……流石にそれは無理だと思うぞ。

ともあれ日浦の一喝で教室は活気を取り戻した。お調子者のクラスメイト達が猛きグラディエーターに姿を変えていく。皆の瞳に映るのは勝利の栄光か、はたまたリア充の自分か。

俺達は机を端へ寄せ、教室中央で円陣を組んだ。

「夏樹、掛け声頼む」

日浦が俺に言う。

「……俺？」

「今日のチャンスはお前のお陰だからな。目が覚めるのを一発頼む」

期待のこもった日浦の視線。その瞳にはめらめらと闘志が燃えていた。

「そういうことなら。じゃあ――――絶対優勝するぞ！！！」

「「応ッ！！！」」

蒼鷹祭が、始まる。

◆

序盤のクラス代表百メートル走と綱引きが終わり、我らが赤組は二位につけていた。どの競技で何位になれば何ポイント貰えるのかなど誰も把握してないので、皆雰囲気で盛り上がっている。

「……俺、蒼鷹に入学してよかった」

颯汰が目に涙を滲ませながら眺めているのは雀桜のチアガール達だ。颯汰だけでなく、競技に参加していない蒼鷹生のほとんどが応援そっちのけでチアガールに目を奪われている。それはそれでどうなんだと思わなくもないが、健康的なへそ出し衣装の前に男子高校生は無力なのかもしれない。

そして雀桜生はというと、案の定、俺の制服に身を包んだ立華さんに夢中になっていた。観客スペースの一角に人だかりができているので立華さんがどこにいるのかがすぐ分かる。

しかし競技が始まれば一応そっちも観てくれているようで、たまに黄色い歓声が飛んでいた。チアガールの応援にも熱が入っているので、蒼鷹生のテンションは常に最高潮を更新し続けている。

『次は、二年生による騎馬戦です。二年生は準備をお願いします』

――――アナウンスが響き渡り、皆の目つきが変わる。

「来たか……」

騎馬戦は俺達二年生が主役となる花形競技。

俺も去年観ていたけど、盛り上がらなかった去年ですらつい手に汗を握ってしまうくらいの大迫力だった。男子校だから目を瞑ってもらっているが毎年軽い怪我人も出ているらしい。

流石にちょっと緊張するな。

グラウンド中央に移動し騎馬を組む。

騎馬は四人一組で各クラス十組の騎馬が参戦する。騎上からざっと他のクラスを見渡すと、運動部の戦力を分散している組や、あえて集約し一騎当千のエースを作り上げている組など色々な思惑が見て取れた。

我らが赤組は分散作戦を取っていて、俺が騎手を務める騎馬には日浦がいた。一組最速の騎馬は間違いなく俺達だろう。

「夏樹、絶対勝つぞ」

「勿論。雀桜の子も沢山見てるしね」

流石に騎馬戦は気になるのか、雀桜の子達が観戦スペース一杯に広がって騎馬戦の開始を待っていた。

………その中に一人だけ、蒼鷹の制服に身を包んだ生徒いるのが見えた。顔を向けると、俺を見ていたのか握った拳をこっちに突き出してくる。

『——蒼鷹祭で夏樹のかっこいい姿をボクに見せること』

空中で拳をぶつけて、正面に向き直る。今のでハートに火が点いた。女の子に見られているというだけでこんなにパワーが出るものなのか。雀桜生に見守られてどの騎馬も気合充分、間違いなく熾烈な争いになる。

『それでは——騎馬戦、スタートです！』

◆

世界の騎馬戦事情に詳しくないのでこれがオーソドックスなのかどうかは分からないが、蒼鷹高校の騎馬戦は『騎手役が被っている帽子を取られればその騎馬は脱落』『最後の一騎が脱落した時点でその組の順位が確定』というルールだ。つまり撃破ポイントのようなものはなく、最後まで残っていればいい。

しかし、かといって逃げ回っていれば徐々に味方の数が減っていき敵に囲まれる。攻めるのか、それとも逃げるのか……組によって戦術に違いが出るだろう。

「夏樹、俺達はどうする？　俺は全然攻めてもいいぜ」

騎馬の先頭を務める日浦が俺に問いかける。それを後ろの二人に素早く伝達
騎馬の先頭はさしずめ頭脳だ。敵の動きを瞬時に察知し、それを誇る日浦は誰よりも適任と言えた。

しなければならない。その点において赤組随一の運動神経を誇る日浦は誰よりも適任と言えた。

はっきり言って騎手の俺よりよほど重要な役目だし、この騎馬の命運を握っている。

「………………いや、しばらくは外周を回って様子見しよう。多分赤組は俺達が最後まで残るのが一番勝率が高いから。仕掛けるのはもう少し数が減ってからにしよう」

日浦の存在は大きな武器だ。きっとこちらから仕掛ければいくつかの騎馬を脱落させることができるだろう。しかし、まだほとんど数が減っていない乱戦状態では背後から不意を突かれることもある。それは避けたかった。

「割と好戦的な騎馬が多いから、残り十五騎くらいまでは戦わなくても残れるはず。俺達はそこから攻めよう」

「ま、最後に活躍した方が目立つよな。じゃあしばらくは隅で大人しくしてるか」

日浦が方向を変えるのに合わせて、後ろの二人が連動する。

「校舎側にいよう。何故か観客スペース側で戦闘が多発してるみたいだから」

少しでも雀桜生に近い場所でアピールしたい、という蒼鷹生の切実な思いが戦闘地帯を観客スペース側に寄せているのかもしれない。

きっと見ている雀桜生は大迫力だろうな。目の前で男達が激しくぶつかり合うんだから。
四十騎いた騎馬は、三分も経たないうちに十一騎まで減少した。
赤組：三騎
白組：三騎
黄組：四騎
青組：一騎
残りはこうなっている。
青組が狙い目に見えるがそれは間違いだ。青組は運動部の主力を一騎に固めるエース作戦を取っていて、騎手の佐藤はバスケ部の二年生キャプテンだし、騎馬の先頭を務める陸上部の中村も全校集会で表彰されているのを何度も耳にしたことがある。他の二人もサッカー部と柔道部のエースで固めているという、間違いなく優勝候補筆頭の騎馬だ。
「いやー、やっぱり中村んとこ残ってんなあ。落ちてくれてりゃ良かったけど」
同じ陸上部の日浦が残念そうに呟いた。運動部だからこそ、あの騎馬の手強さは俺以上に身に染みているんだろう。
「残念だけど仕方ない。俺達もここまで体力を温存できてるし、もしかしたら勝てるかも」
「だな。見ろよあれ、佐藤両手に帽子十個くらい持ってんぞ。流石に疲れてるだろ」

――そう、それこそが俺の狙いだった。俺達があのスーパー騎馬に勝てるかもしれない唯一の方法。

騎馬状態はそれだけで身体に多大な負担がかかる。戦闘でもみくちゃになればなおさらだ。いくら運動部のエースといえど、流石に腕や足腰に限界が来ているはず。

その点、俺達は動きを最小限に抑えて体力を温存できている。下の皆もまだ動けそうだった。

「夏樹、もしかしてこれ狙ってた？　なかなかずる賢いじゃん」

「最近バイト先が忙しくてさ。色々考えて動かないと全然回らないんだ。そのお陰で柔軟な考え方が身に着いたのかも」

サイベリアは立華さんが来る前と今とでは全く別の店になった。あまりの忙しさに店長が急遽時給を上げてくれたほどだ。それも一気に三十円も。

「雀桜生押し寄せてるんだっけか。部活やってなけりゃ俺も働きたかったなー」

天国じゃん、と日浦が呟く。

「いや、それがそうでもなくて。お客様はやっぱり立華さん目当てだし」

いくら雀桜生が大勢いても、全く見向きもされないのが現実だった。多分、見ている雀桜生も俺がサイベリアの店員だって気が付いていないんじゃないかな。

「なるほどねえ――――じゃあ青組のエース騎馬ぶっ倒してアピールしないとな」

日浦が歩き出す。

俺達の戦いが、ついに始まる。

戦場に到着した頃には騎馬は五騎まで減っていた。そして白組と黄組の最後の一騎同士が今、目の前でもつれ合っている。

「お、ラッキー！　どっちも取っちまうぞ！」

日浦が横を突くように突進する。俺は精いっぱい両手を伸ばし、もつれ合って動けずにいた二騎の帽子を奪い取った。

「よしッ取った！」

「ナイス夏樹！」

まさに漁夫の利。

これで残りは赤組が二騎と、青組のエース騎馬だけ。俺達が断然有利だ。

「おい夏樹、今までどこいたんだよ。全然見かけなかったぞ」

残りの騎馬の騎手は颯汰だった。俺達は自然と集合し、エースに相対する。

「ちょっとその辺を散歩してたんだ。お陰で体力はあり余ってるよ」

「マジか。俺らはぶっちゃけもう限界。作戦どうする？」

青組のエース騎馬は、五メートルほど先で王者の風格を放ちながら俺達を待ち構えていた。

二対一という状況、颯汰の騎馬状態、向こうの騎馬の様子。それら全てを加味すると、一つの作戦が思い浮かぶ。

「…………颯太、もう限界なんだよね？　じゃあ思いっきり正面からぶつかってくれないかな。もみくちゃになってるところを俺達が横から突くよ」

さっきの作戦と同じだが、きっとこれが一番強い。二方向から攻められてはいかに運動部のエースといえど対応は難しいはず。

「オッケー。どれくらい耐えられるか分からないけど、やれるだけやってみるわ」

俺達は拳をぶつけ合い――そして走り出した。

「いくぜえええええええええええっ!!!!」

颯太が雄たけびをあげながらエース騎馬に突撃していく。ぶつかる直前にチラッと雀桜生の方を確認したのが微妙にダサかったけど、今は唯一の頼りだ。

「俺達も行こう！」

「よしきた！」

俺達は円を描くようにエース騎馬のサイドに付ける。眼前では颯太が必死の形相でエースの猛攻に耐えていた。見た感じあと五秒ももたなそうだ。

「俺達も突っ込もう！」

「おらあああっ！　死ねや中村ァああああああああ!!!!」

日浦の咆哮が晴天に轟く。

……もしかして日浦と中村は仲が悪いんだろうか。それとも、仲がいい故のじゃれあいか。

考える暇はなかった。

怪我の可能性など何も考えていない日浦の全力疾走が、エース騎馬を横から思い切り突く。衝撃が全身を襲い、きっと交通事故ってこんな感じなんだろうなと頭の片隅で思った。すぐに我に返る。

青い帽子は目の前だった。ちょうど騎手の佐藤が颯汰の帽子をぶんどったところで、前のめりに体勢を崩していた。いくら鍛えていようとあそこからアクションはできない。完全にチェックメイト――

――のはずだった。

「甘いんだよ赤組ィ！！！」

「⁉」

佐藤が選択したのは――なんと前方向だった。体勢を崩して落下した颯汰の代わりに赤組の騎馬に飛び乗ったのだ。何が起きたのか分からず、俺の思考がフリーズする。

そして……自らの過ちに気が付く。俺は致命的なまでに重心が前にかかってしまっていた。手を伸ばせば帽子が取れると確信していたのだ。

必死に身体を後ろに戻す前に――佐藤の手が素早く俺の頭上を一閃した。

『試合終了ッ!!!!　激闘の騎馬戦ッ、栄えある優勝は青組！　おめでとうございます！』

◆

「え、今のめっちゃ凄くない⁉」

「ね、ダンスみたいだった！」

「今の撮ってた人いる⁉」

………会場中から大きな拍手が起こる。それらは全て青組に向けられたものだった。失意のまま、俺達は騎馬状態を解く。

「…………ごめん、俺のミスだ」

皆の顔が見れなかった。皆は俺を信じてくれたのに、勝たせることができなかった。

俺が頭を上げられないでいると、肩に熱い感触があった。これは……手？

「気にすんなって夏樹。あれはちょっと佐藤がキモすぎたわ。つかあれ反則だろってなあ？」

「いやマジでそれ」

「作戦は良かったと思う。これはルールを明確にしていない運営側の落ち度だよ」

顔を上げると、騎馬を組んでくれた三人が傍で俺を慰めてくれていた。痛い思いをしたのは三人なのに、俺に文句の一つも言ってこない。

……涙が出そうだった。

「うん、ごめん……いや、ありがとう」

謝るのは全てが終わってからだ。まだ勝負が決まったわけじゃない。頬を思い切り叩いて気合を入れ直すと、日浦は青組の方を睨みつけていた。

「日浦。このままじゃ終われないよね」

「たりめーよ。この借りはリレーで絶対返す。中村に調子こかれるのもムカつくしな」

日浦が拳を手のひらに打ち付ける。

「ちょっと中村の走順訊いてくっかな。直接ブチ抜かないと気が済まねえ」

「あ、ちょっと待って」

日浦が青組の方へ歩いていこうとするのを俺は慌てて呼び止めた。

……………びっくりした。まさか同じ気持ちだったなんて。

「それならさ――――佐藤の走順も訊いてきてほしいんだけど」

俺の提案に日浦は目を丸くした。そして、ニヤッと口の端を吊り上げる。

「おいおい夏樹、マジで言ってる？　佐藤、めちゃくちゃ足速いぜ？」

「だろうね。でも、やるって決めたんだ」

どれだけ足が速かろうと関係ない。もう勝つしかないんだから。どんな無理を通してでも絶対に勝ってやる。

「いいねえアツいねえ。俺、そういうのは好きだぜ」

そう言うと、日浦は青組のエース騎馬の元に歩いていく。仲の良さそうな雰囲気で何かを話し、たまに俺の方を指差す。もしかして俺のことを話してるのかな。変なこと言ってなければいいけど。

程なくして日浦が戻ってきた——物凄い笑顔で。

「夏樹がブチ切れて佐藤と勝負したがってるって宣戦布告してきたから。これで勝つしかなくなったな」

「ええっ、どうしてそんな根も葉もない嘘を!?」

「その方が気合い入るだろ？」

日浦の言っていることはめちゃくちゃだった。でも、何故か納得してしまった俺がいた。

「佐藤、アンカーだってよ。俺も本当はアンカーでゴリゴリにアピールしたかったところではあるけど、中村も倒さなきゃいけねえし、そもそも雀桜生が来てくれたのは夏樹のお陰だしな。しゃあない、アンカーは譲るよ」

そう言って、日浦が肩を叩いてくる。

「ありがとう。でも任せてよ、絶対勝つから」

——立華さんは、騎馬戦での俺を見てどう思っただろうか。

逃げ回ったあげく最後はしてやられた俺を、きっと格好悪いと思っただろう。

約束を破ってごめん。

でも、絶対にリレーで勝つから。

だからもうちょっとだけ、俺を見ていてほしい。


玉入れ、障害物競走、四十人四十一脚、棒倒し——その他様々な競技を終え、残すは大トリのクラス対抗リレーのみとなった。

赤組は現在僅差の三位。リレーで獲得できるポイントは大きいから、どの組にもまだ優勝の目が残されている。

リレーは三年生→一年生→二年生の順番で行われるから、俺達の出番は大トリの大トリだ。今は三年生の第一走者がトラックに並んで開始の合図を待っている。

「やべえ、なんか緊張してきた……」

颯汰はさっきからせわしない様子でジャンプしたり屈伸したりしている。騎馬から落ちた時はひやっとしたけど、怪我がなくてよかった。

「俺達が大トリだもんね。おまけに僅差だし」

「それよ。ぶっちぎってたら気も楽なのにな」

最後の競技ということもあり、多くの生徒がグラウンドを取り囲んで熱い視線をトラックに向けていた。これで終わりなんだな……そんな青い炎が心の中で静かに燃えている。

「お、始まるっぽいぞ」

颯太の声に合わせて、抜けるような青空に空砲が響いた。第一走者が一斉にスタートし、グラウンド中から歓声が沸き起こる。………頼む赤組、勝ってくれ。

「おーい、リレー出る奴そろそろ集まってくれ！」

声のする方に視線をやると、遠くで日浦が手をあげている。瞬間的に身体に緊張が走り、血液が全身に巡る感覚が俺を襲った。武者震い、というやつかもしれない。

「………よし、行こう颯汰」

「だな。ぜってー勝つ！」

去年にはなかった熱が、グラウンドに渦巻いている。誰も彼も勝負に必死になっている。蒼鷹祭がこんなに楽しいなんて知らなかった。中間テストの勉強をするよりリレーの選手を勝ち取る方がいいという話も、もしかしたら本当かもしれない。プレッシャーは勿論あるけど、それ以上に楽しみでしかたなかった。

勝ったら絶対に気持ちいい。だったら、勝つしかないだろ。


俺達はトラックの内側で自分の出番を今か今かと待っていた。早く来てほしい気がしたし、いつまでも来てほしくない気がした。

蒼鷹祭も大詰め、皆の身体はもうボロボロだった。四十人四十一脚の時に紐を結んでいた足首は確かな痛みを伝えてきているし、玉入れで屈伸運動を繰り返した太腿は重りを巻いているのかってくらい重かった。

……でも、これはチャンスだった。俺がマッチアップするのはバスケ部の二年生キャプテン、佐藤。間違いなく俺よりも足は速い。両者万全の状態なら恐らく勝ち目はない。

……でも、お互いに辛いのなら。それなら勝負は分からない。辛い時に勝敗を分けるのは精神力。いくら向こうが現役のスポーツマンだからって、そこで負けるつもりは微塵もなかった。

何故なら俺は――立華さんと約束しているから。

「…………」

俺はあえて観戦スペースを振り返ることはしなかった。立華さんはきっと観てくれている。それで充分だった。次に顔を合わせるのは約束を守った時でいい。

ここでやらなきゃ、俺は今日という日を一生後悔する。何故だかそんな確信があった。どうしてそこまで立華さんとの約束に必死になっているのかは自分でも分からない。でも、心の奥底から強い衝動が湧き上がってくるんだ。

――立華さんの前でカッコつけたいって。

「颯汰ーッ！　全員ぶち抜けよーー！」

「ビリだけは勘弁なー！」

もうすぐ始まる。クラスメイトが腹の底から声を張っている。もうできることは何もない、差を埋めてくれた他の学年の頑張りを無駄にしない為にも――絶対に勝つ。

「颯汰、頑張れッ！！！」

『最後の種目となります――クラス対抗リレー、二年生の部…………スタートッ!!!!』

本日最後の空砲を合図に、四つの弾丸が一斉に飛び出した。

長いようできっと一瞬だった。俺は今、白線の上でバトンが来るのを待っている。

「なあ、お前夏樹ってんだっけ」

心臓がバクバクうるさかった。隣に立つ佐藤の声が、鼓動の隙間を縫って辛うじて聞こえてきた。

「うん。そうだけど」

「ちょっと聞いたんだけどさ、雀桜の子が来てくれたのってお前のおかげなん？」

佐藤に緊張している様子は全くなかった。四走にバトンが渡った時点では四組が僅かにリードしている。その余裕があるんだろう。もしくは、帰宅部の俺なんて眼中にないのか。

「どうだろう。そうかも」

答える言葉を吟味する酸素が脳に供給されていない。俺はぶっきらぼうに返答する。

「まーじか。それについては本気でありがとな。ガチで感謝してる」

佐藤はおどけるように俺の肩を叩く。反応する余裕すら俺にはなかった。あと半周でバトンがやってくる。俺の目はずっと四走を追っていた。

「お前のおかげで雀桜の子達に俺のかっこいい姿アピールできちゃうからさ。やべー、ぜってえ彼女できるじゃん」

佐藤が小さく身を震わせた。幸せな未来を想像して居ても立ってもいられなくなったのか。

「分からないよ。ほら、並んだ」

赤組四走の高町が気迫の走りを見せていた。最終コーナーを回るところでついに青組の背中を捉えることに成功する。

「うっわ、亮介追いつかれてんじゃん……ま、いいか。夏樹って帰宅部っしょ？　悪ィけど俺、帰宅部にゃ負けねーよ？　バスケ部二年で一番足速いし」

もしかしたらそれは勝利宣言のつもりだったのかもしれない。佐藤はそう言い捨てると、一度だけ首を回して位置についた。僅かに先を走る青組が内側だ。

「なつきぃいいいいいい！　あとは、ま、か、せたあああああっ!!!!」

高町が叫びながら走り込んでくる。バトンを俺に差し出してくる。

足の裏が馬鹿みたいに熱い。血液が沸騰しそうだった。

手のひらに硬い感触。身体に電撃が走る。皆の想いが俺に乗り移った気がした。

『さあ――――泣いても笑ってもこれが最後！　アンカーにバトンが渡りました！』

何がなんだか分からなかった。夢のような浮遊感が俺を包んでいた。

そんな曖昧な五感の中で──足の裏だけが必死に硬い地面を蹴っている。

「──、──、──！！！」

「──、──、──！！！」

世界が叫び声に包まれていた。皆の声が衝撃となって俺の身体に浴びせられている。何を言っているのかは全然脳が処理できなかった。

トラックは残り半分、ただ一つ分かるのは──俺の前には背中が見えるってことだけだった。

一メートルくらい離されている。どれだけ必死に脚を動かしても、どうしてもその差が縮まらなかった。肺が口から飛び出そうなくらい痛い。どうしてこれで縮まらないんだよ！

「──、──！！」

悔しい。

悔しい悔しい悔しい悔しい！

人生で一番、今がみじめだった。頭は働かないのに、そんな感情だけは心の中にしっかりとあった。ここで負けたら俺はもう二度と顔を上げられない気がする。

でも、差が縮まらないんだ。

「――――、――――、――――‼!」

第三コーナーに差し掛かる。視界がゆらゆらと溶けてきた。酸素が足りない。これ俺死ぬんじゃないか。死んでもいいや。だから勝たせてくれよ。もう何もいらないから今すぐ足を速くしてくれ。

なあ、頼むって神様。

「――夏樹ッ！」

声がした。

視線が反射で声の方に向く。最後のコーナーに蒼鷹の男子生徒が立っていた。

………いや、そんなわけはない。蒼鷹生は全員ジャージを着ているはずだ。制服姿の蒼鷹生なんているはずがない。あれは一体なんなんだ。

――誰なんだ、一生懸命俺に声援を送ってくれるあのイケメンは。

「夏樹、もう少しだ！　頑張れっ！」

――立華さんに決まってるだろ。

「うおぁあああああああああっっッ‼!」

身体の内側で何かが爆発した。嘘みたいに全身から痛みが消える。背中に羽根が生えたみたいに身体が軽かった。

……気が付けば最後の直線を俺は走っていた。何故か物凄い快感が俺を包んでいた。限界を超えると人間はこんな感じになるのかもしれない。

佐藤の背中はもう目の前だった。そしてゴールテープも目の前だった。抜けるかなんて分からない。身体の動くままに全身を爆発させる。

「あぁああああああああああッッ！！！」

――――蒼鷹祭の最後を締めるゴールにしては、あまりにも不格好だったかもしれない。

「はっ、はあっ、はあっ……はあっ、はっ、はっ……！」

ゴールの勢いのまま俺は地面を転がりぶっ倒れた。天地も上下も左右も分からない。青空が真っ白に見えるくらい脳に酸素が足りてなかった。青白い視界がぐるぐる回っている。

勝ったのか負けたのか、それすら分からなかった。ただ最後にもう背中は見えていなかった。

勝ってたらいいな。本当に、勝っていてほしい。

「はあっ……はっ……はあッ……」

太陽の温かさだけがかろうじて全身で感じられた。あとは意外とひんやりしてる地面の冷たさ。それが凄く気持ちいい。

ふっ、と視界が暗くなった。いきなり夜になったのか。そんなはずはない。きっと誰かがすぐ傍に立っている。それで太陽を隠しているんだろ。それくらいは分かるんだぜ。

「…………」

かろうじて、目を開けた。

そこには――太陽よりも眩しい王子様が立っていた。

「――カッコよかったよ、夏樹」

王子様が、青空のような笑顔で俺に手を差し伸べていた。

◆

大盛り上がりの末に幕を閉じた蒼鷹祭。見事優勝を果たした我らが一組には色々な変化が待ち受けていた。

まずはクラスメイトに訪れた変化だ。なんと、何人かが雀桜生との連絡先交換に成功していた。リレーの三走として見事四組の中村をぶち抜いた日浦は凄くて、五人と連絡先を交換することができたらしい。そのうちの誰かと彼氏彼女の関係になれるかは分からないが、心の中で応援しておく。

次に俺に訪れた変化。これがまたとんでもなかった。

リレーのアンカーとして見事一組を優勝に導いた俺はなんと――

――ほぼ全ての雀桜生から目の敵にされていた。

一体どうしてこうなってしまったのか……全ての原因は立華さんにあった。

蒼鷹祭の大トリ、クラス対抗リレー。最も注目が集まるその競技の終わりに、立華さんはトラック上にやってきた。ゴールで倒れている俺に手を差し伸べてくれたのだ。アドレナリンがどばどば出ていた俺は、その手を取り立ち上がった。

立ち上がった俺の目に飛び込んできたのは――呆気に取られた表情で俺達を見つめる蒼鷹生達。そして、信じられないものを見たような表情で俺を睨みつける雀桜生達の姿だった。

瞬間的に背筋が凍ったのを昨日のことのように思い出せる。

後日サイベリアで立華さんから聞いた話によると「蒼鷹高校二年一組　山吹夏樹」は現在雀桜高校で最も嫌われている存在らしい。サイベリアで働いているのもバレていて、最近はお客様から睨まれる毎日を送っていた。「俺と立華さんが付き合っているんじゃないか」という噂まで流れているようで、何度否定しても雀桜生からの疑いは晴れない。俺の平穏な毎日はどうなってしまうんだろうか。

◇

ああ――やってしまった。

深い後悔の海にボクは沈んでいく。

折角の休日だというのに、どうしてもベッドから起き上がる気になれない。気付けばもう昼過ぎだ。今日は恐らく一日中こうしているんだろう。落ち込んでいても何も変わらないと分かっていても、それで元気になれるわけではない。心というのは、そんなに単純じゃないから。

――だから、あんなことをしてしまったんだ。

目を閉じると今でも瞼の裏に浮かんでくる。

目の前を走り去っていく夏樹の顔。

小さくなっていく背中。

ゴールテープを切った瞬間。

ボクは居ても立ってもいられず、まるで街灯に吸い寄せられる虫のように歩き出していた。

それくらい夏樹は輝いていたんだ。生まれて初めての感覚だった。

でも、それが間違いだった。

………ボクのせいで夏樹は雀桜生から嫌われるようになってしまった。ボクが近付けばそうなることは分かっていたはずなのに。彼女を作ろうと頑張って走った夏樹の努力を、ボクが無駄にしてしまったんだ。

どうしようもなく情けなかった。でもそれ以上に許せないのは――心の奥底では自分を許していることだった。

あの夏樹を見たら、行ってしまうのも仕方ないと。

だって、それくらいかっこよかったじゃないか。

もし時間が巻き戻ったとしても、ボクはまた同じことをするだろう。

どうしてか、そんな確信があった。申し訳ないことをしてしまったと思っているのに、これで良かったと思う自分も同時に存在していた。心のどこかで、ボクは今の状況を肯定しているんだ。それが分かっているから余計に苦しかった。

ボクは、夏樹とどうなりたいんだ。

四章 『王子様』の嫉妬

それは蒼鷹祭から一週間ほど経った、小雨の降る日だった。

「雀桜高校一年、古林りりむです！ アルバイトは初めてです！ よろしくお願いします！」

サイドテールにした栗色の髪が、お辞儀に合わせてふわっと揺れた。

第一印象は小さなウサギ。そんな感じの元気な女の子が新しくサイベリアで働くことになった。

「約束通り新しい子を採用した。りりむは物凄い熱意の持ち主でな、どうしてもサイベリアで働きたいと直接私に頭を下げてきたんだ。みんな、仲良くしてやってくれ」

店長が真面目な顔で言う。ちなみに店長が真面目な顔をしている時は大抵ロクでもないことを考えているので、俺はあまりいい予感がしていなかった。

「同世代の夏樹と一織。二人をりりむの教育係に任命する。最近は忙しい日が続いているからな、二人で連携してりりむを一人前にしてやってくれ」

……嫌な予感というのは、どうしてこうも当たるのか。

「これは……ついにボクも一人前として認められたということかな？」

立華さんは教育係に任命されて少し嬉しそうだ。最近は立華さんのちょっとした表情の変化が分かるようになっていた。

「あっ、あのっ……！　わ、わたし……一織様の大ファンなんです！　是非仲良くしてください！」

古林さんは頬を真っ赤に染めて立華さんの前にやってくると、勢いよく頭を下げた。ウェーブがかった髪が不規則に揺れ動く。

立華さんが告白されている光景はもうサイベリアでは日常風景なので、他のメンバーは特に反応したりしない。

「りりむ、これからよろしく頼む。優しく教えてあげるから安心するといい」

「は、はうっ……！　分かりましたぁ……！」

古林さんの目がハートマークになっていた。俺は嫌な予感を更に強める。最近は雀桜生を見ると身体が強張るようになってしまった。

立華さんが手で俺を示す。嫌な予感、マックス。

「紹介しよう――彼がキミのもう一人の教育係、山吹夏樹。頼りになる男だから困ったことがあったら夏樹に言うといい。ボクよりも先輩だからね」

反射的に会釈をすると……返ってきたのは棘のような視線だった。まるで別人のような態度に俺は心の中で溜息をつく。やっぱりこうなるのか。

「山吹夏樹……センパイ。私――あなたのことが嫌いです！」

ホールに出た俺達は早速古林さんの教育を開始しようと思ったのだが、立華さんはいつものようにお客様の雀桜生に捕まってしまった。自然な流れで俺がメインで教えることになってしまう。

お客様も雀桜生、新人も雀桜生。まさに前門の虎、後門の狼だった。

「……古林さん、いいかな？」

「がるるる……！」

古林さんが八重歯を見せて威嚇してくる。サイベリアの女性ホールスタッフのユニフォームであるメイド服に身を包んだ古林さんは可愛くて、正直全然怖くはなかった。

「ダメだよ古林さん。ホールに出たら常にお客様に見られている意識を持たないと」

「あぅ……すいません」

古林さんは意外と素直だった。初めてのアルバイトって言ってたし、内心では緊張しているのかもしれない。もしくはメイド服が恥ずかしいのかも。

「普通にしていれば大丈夫だから。お客様は雀桜生ばかりだしリラックスしていこう」

「はい……分かりました」

「ほら、笑顔笑顔」

「あはは……」

俺が笑顔を作ると、古林さんも笑ってくれた。まだちょっとぎこちなかったけどすぐに慣れるだろう。根は元気な子みたいだし。

古林さんを連れて一通りホールを案内していると、ファンサを終えた立華さんが様子を見にやってきた。

「夏樹、調子はどうかな？」

「立華さん。営業ありがとね」

「構わないよ。来てくれるのは皆いい子達だからね」

さらっとキザなセリフを言っても全く違和感がないのは立華さんの凄いところだ。お陰で古林さんが頬を染めて見惚れている。

立華さんは腰を落として古林さんに目線を合わせた。20センチくらい身長差がありそうだ。

「りりむ、夏樹の言うことをよく聞くんだよ。ボクも夏樹に教えられたんだ……手取り足取り──色々なコトをね」

「ちょっ⁉」

立華さんがわざとらしい演技で、恥ずかしそうに顔を逸らす。それを見た古林さんが涙目で俺を睨んできた。ケダモノを見る目だ。

「ぴゃ────っ⁉　センパイ、最低です！」

「違うから！　何もやってないからね⁉　ちょっと立華さん、古林さんで遊ぶのはやめてくれるかな⁉」

俺の必死の懇願も空しく、立華さんの顔に反省の色はなかった。涼しい顔でお客様の元へ戻ってしまう。

「ちょっとくらい遊んでもいいじゃないか——しばらくはりりむに夏樹を取られそうだからね」

いつもハキハキと話す立華さんにしては珍しい小さな声は、店内放送の音楽に掻き消されて俺の耳には届かなかった。

◆

蒼鷹祭が直接的なきっかけだったのかは分からないが、俺と立華さんは自然と駅まで一緒に帰るようになっていた。

サイベリアから駅までの道は基本的に薄暗くて、街灯だけが俺達を照らしている。うっすらと見える立華さんの顔はほんの少しだけ、いつもより沈んでいるように見えた。

「立華さん、何か嫌なことでもあった？」

「ん、どうしてそう思うんだい？」

やはり立華さんからいつもの覇気が感じられない。なんというか、顔の周りに浮かんでいるキラキラがいつもより三つくらい少ないような気がする。

「ちょっと表情が暗い気がしてさ。お客様に何か言われたりした？」

これはアルバイトを始めてみて分かったことなんだけど、接客業はストレスが多い。時には八つ当たりのようなクレームを貰う時もある。俺も初めてお客様に怒られた時はショックを受けたっけ。

諦めたように立華さんは小さく溜息をついた。立華さんでも溜息をつくことがあるんだな。こう言ってはなんだけど、少し新鮮だった。

「……顔には出していないつもりだったんだけどね。参ったな、夏樹にはバレてしまうか」

「もう立華さんは一人前だけど、先輩として今でもちゃんと見ているからね」

店長がいない時は俺がホールの責任者代わり。とはいえ全てに対応するのは不可能なので、せめてトラブルが起こらないように細心の注意を払っている。立華さんの動向もしっかりチェックしているんだ。

「…………ボクはもう夏樹の手を離れてしまったのかと思っていたよ」

「親にとってはいくつになっても子供は子供なように、立華さんはいつになっても俺の後輩だから。立華さんが困った時は俺がフォローするよ」

まあ、立華さんの仕事ぶりが完璧すぎてそんなタイミングは訪れないような気はしている。

それならそれに越したことはないんだけどね。

「話は戻るんだけど、何かあった？　俺に言えることなら聞きたいな」

　この様子だと何かあったのは確定だろう。あとは俺に打ち明けてくれるかどうかだが、正直自信はない。

　バイト仲間以上、友達未満。

　俺達の関係は端的に言うとそんなところだった。

「何かを言われたとかそういうわけではないんだ。ただ、申し訳ないなと思ってね」

「申し訳ない？」

……誰に？

…………何を？

　二つの疑問が頭に浮かぶ。打ち明けてくれたのは嬉しいけど、全く心当たりがない。

「夏樹は蒼鷹祭で彼女が作りたかったんだろう？　それなのにボクのせいで雀桜生から嫌われるハメになってしまったじゃないか」

「誰に」も「何を」も予想外で俺は声も出なかった。そのことについては笑い話として消化し終わっているものだとばかり思っていた。

「済まないね、ボクのせいで夏樹の雀鷹カップルの夢が途絶えてしまって」

　立華さんが申し訳なさそうに呟く。こんな立華さんを見るのは初めてで、俺はどうすればいいいか分からない。

だから……とりあえず本音をぶつけることにした。

「俺、全然気にしてないよ。彼女だってそこまで欲しかったわけじゃないし」

颯太や日浦などクラスメイトの皆は分からないが、俺は別に雀鷹カップルに執着はない。

まあ勿論、彼女が欲しいか欲しくないかで言ったら欲しいけど、そういうのは自然にできたらいいなと思っている派だ。

「……それにしては気合が入っていたじゃないか」

問い質すような声色で立華さんは言う。

「それはね、立華さんの声が聞こえたんだ」

「ボクの？」

「立華さん、最後のコーナーで俺のことを応援してくれてたでしょ？」

あの声が聞こえたから、俺はリレーで勝てた。不思議と力が湧いてきたんだ。

「立華さんの姿を見たら頑張らなきゃって思ってね。約束、守れてよかったよ」

立華さんにかっこいいと言ってもらえた時点で、俺は満足だった。雀桜生に目の敵にされていることなど些事に思えるくらいには。

「立華さんのお陰で今年の蒼鷹祭は凄く楽しかった。俺だけじゃなくて、みんなそう言ってたよ。だから、ありがとね」

現金な話かもしれないが、異性が見ているというだけで皆の気合の入りようは凄まじかった。皆が本気だったからこそあそこまで盛り上がったんだと思う。去年は感じられなかった熱が今年の蒼鷹祭にはあった。

「…………そうか」

俺の言葉がどれだけ響いてくれたのかは分からないが、立華さんの纏う空気が少し軽くなった気がした。

「夏樹はボクなんかよりずっとかっこいいな」

「そんなことないよ。蒼鷹の制服を着た立華さん、凄い人気だったじゃん」

立華さんの周りには終始人だかりができていた。聞いたところによると、昼休みには写真撮影コーナーも設けられていたらしい。果たして何人の雀桜生がスマホの壁紙を立華さんとのツーショットにしているんだろう。

「皆、珍しがっていただけさ。夏樹もボクの制服を着てみるかい？　きっと人気が出ると思う」

「それは遠慮しておくよ。絶対似合わないから」

雀桜の制服を着ている俺など想像もしたくない。一体どこに需要があるというのか。

…………何はともあれ、軽口を叩けるくらいには元気になってくれたみたいだ。

「確かにそうかもね。夏樹は蒼鷹の制服が一番似合ってるよ。サイベリアのスーツ姿も捨てがたいけど」

「そうかなあ。立華さんに勝てる気はしないけど」

「そう自分を卑下するものでもないさ。夏樹の制服姿――ボクは好きだよ」

その言葉に、心臓がドキッと跳ねた。どうして立華さんはこういう言葉をさらっと言えるんだろう。

「そ、そっか……それはありがとう」

顔が熱かった。幸運だったのは、ちょうど駅に着いたことだ。俺は逃げるように立華さんと別れて、ホームでほっと一息つく。

ちょっと今、立華さんの顔が見れる気がしなかった。

「立華さんなあ……一緒にいると心臓に悪いんだよな」

質が悪いのが、きっと本人にその気は全くないところだ。魔性の女、いやこの場合は男になるのか？　とは立華さんの為に作られた言葉に違いない。

「……というか、普通に可愛いのが困る……」

クラスの皆は「かっこよすぎて恋愛対象にならない」と言っていたけど、俺の意見は少し違った。確かに立華さんは誰よりもかっこいいけど、ふとした瞬間に見せる表情や仕草は寧ろ逆というか。

……蒼鷹祭の最後に俺に見せたあの表情は、どうみても女の子のものだった。

それが、俺を惑わせるんだ。

◆

「あわわわわ〜！　一体どうすればー⁉」

古林さん、三日目の出勤。

古林さんはレジを前に頭を抱えてしまった。そろそろいいかなと思ってレジをやってもらったけど、まだ早かったかもしれない。誰もが立華さんのように一度見ただけで完璧にできるわけじゃないか。

「落ち着いて古林さん。電子マネー支払いの時はこのボタンを押せば大丈夫だよ」

「は、はいぃ……！」

「あはは、りりむめっちゃ緊張してるね」

今回のお客様は古林さんのお友達なので、あたふたしている古林さんにイライラすることもなく笑って眺めている。誰かがバイトを始めるとバイト先に遊びに行くのは女子も同じなんだな。

「ミク、ちょっとスマホやってみてー？」

「はいはい……あ、できた」

お友達がスマホをかざすと、支払い完了の音が鳴った。自動的にレシートが排出される。

「良かった～！　初レジ成功！」

古林さんが嬉しそうに飛び跳ねた。およそ勤務中の態度ではないが、今回は見逃してあげることにしよう。

「じゃああとはレシートを渡してね」

「はい、レシート！」

「りりむ、それ他の客にはちゃんとやらなきゃダメだよ？」

「分かってるよー♪」

本当に分かっているのか不安だなあ。雀桜生以外の前に出すのはもう少し後の方が良さそうだ。

「じゃあ……えっと、山吹さん。りりむをよろしくお願いします。この子、結構山吹さんのことを信頼してるみたいなので」

「え、そうなの？」

態度からは全然そんなものは感じられないけど……。

「ちょーっ!?　余計なこと言わないでいいから！　帰った帰った！」

古林さんがしっしっ、と手で追い払う。もし高校からの友達なら二人はまだ知り合って二か月くらいのはずだけど、本当に仲がいいんだろうな。

「はーい。じゃあまた明日ね」

軽く手を振って、古林さんの友達は帰っていった。古林さんは離れていく友達の背中を窓越しにじっと眺めている。口ではああ言っていても、少し寂しそうだった。

「古林さん、えと……まだちょっと難しいかなって……」

「え、えと……まだちょっと難しいかなって……」


「古林さん、レジはどうだった?」

「え、えと……まだちょっと難しいかなって……」

「俺も同意見。もう少し俺や立華さんの隣で勉強してからにしようか」

「私、一織様に教わりたいです!」

途端に目をキラキラさせ始める古林さん。視線の先では立華さんがテーブルを片付けている。

俺達が見ていることに気が付くと、微笑みながら手を振ってきた。なんだあの神対応は。

「はわぁ……眼福……」

古林さんが勤務中とは思えない声を漏らして立華さんを拝み始める。

「古林さんは立華さん目当てでサイベリアに応募したの?」

「勿論です! 山吹夏樹! ……………センパイから一織様を守れるのは私しかいないですから!」

「なるほど、そういう理由だったんだ」

つまりは蒼鷹祭から始まった一連の噂を信じて大胆な行動に出たというわけか。スーツ姿の立華さんを観にサイベリアに来てくれている雀桜生とはまたちょっと違うタイプの、アクテイブなファンらしい。

「だから俺のことが嫌いなんだね」

「その通りです！　ファンクラブでも山吹夏樹センパイの名前は最重要警戒人物として広まってますから」

「それはなんだか不安になってくるな」

「あ、でも直接何かをするのは禁止されてるので大丈夫だと思います。一織様に迷惑を掛けないことが第一ですから」

「それなら良かった」

流石にお店に迷惑がかかったりすると困るから、そういうのがないなら一安心だ。嫌われるだけなら大した問題はない……ような気がする。

いやまあ、ショックはショックだけどさ。

「……………ところで、さっきお友達が古林さんは俺のことを信頼してるって」

言いかけたところで、古林さんが身体をビクッと震わせた。サイドテールの髪がぶるんと揺れる。

「そ、それはミクが勝手に言ったんですっ！　別に優しいから頼りにしてるなんてことはないですからね！」

古林さんがダッシュで逃げていく。逃げた先には立華さんがいた。古林さんはまるで子犬みたいに立華さんの周りをくるくる回っている。

「ん〜……なんだかなあ。なんだろうなあ、この気持ちは」

ボクの視線の先には、レジで楽しそうに話す夏樹とりりむがいた。

ボクはお客様に捕まることが多いから、自然と夏樹がりりむの教育係のようになっている。

それに文句はない。逆の立場だったらボクだってそうするだろう。

頭では分かっている。でも、心は別だった。

「……まさかボクがこんなに嫉妬深い人間だったなんてね」

嫉妬。

自分の中にそんな感情があることにびっくりした。こんな気持ちになったことなんて、今まで一度もなかった。

「一織様〜！　私、レジやりましたよー！」

りりむが向こうから走ってきた。嬉しそうにボクの周りをくるくると回る。

「そうかい。成長しているね、りりむ」

「はい！　でもまだ不安なので一織様の隣でレジのやり方見ててもいいですか？」

「構わないよ。ゆっくり覚えるといい」

りりむから視線をあげれば、夏樹がレジの所からボク達を眺めていた。

………ボクを見ているのかな？　……それとも、りりむ？

そんなことが、どうしようもなく気になってしまう。どうしたらいいのか自分でも分からなかった。

◆

「りりむの歓迎会をしようよ」

そんな立華さんの一言によって、放課後の俺達はサイベリアの一席に集合していた。俺達というのは俺と立華さん、そして古林さんだ。

「ぶー、どうして山吹センパイまでいるんですか。一織様と二人きりだと思ったのに」

しっかりと立華さんの隣の席をキープしている古林さんは、対面に座る俺を見て不満そうに頰を膨らませた。

「ごめんごめん。俺もちゃんと古林さんを歓迎したいからさ」

このように立華さんに近付く人間に対し平等に敵意を振りまく古林さんだが（俺に対しては

特別多い気もするが）、実は他スタッフやお客様からの評判はいい。立華さんのことになると視野が狭まるきらいはあるものの、根の真面目さと明るさで元気いっぱいに働くので、妹のように可愛がられているのだった。今ではサイベリアのマスコットのようになっている。

勿論、俺も古林さんのことは好ましく思っている。たとえこっちが嫌われていたとしても、古林さんが困っているとつい助けてしまうんだよな。

「りりむ、それは本心かい？　この前ボクと二人でシフトに入っていた時なんて『山吹センパイがいないと不安です……』なんて泣きそうになっていたじゃないか」

「ぎくっ⁉　そ、それは一織様がお客様に大人気で私が一人になっちゃうから不安だっただけですっ！　変な意味はないですからっ！」

古林さんがびっくりした猫のように身体を縦に伸ばす。そして、抗議するように立華さんの制服を引っ張りだした。古林さんは最初こそ立華さんの前では借りてきた猫のように大人しかったが、今では仲のいい先輩後輩になっている。

……………これは俺が勝手に思っていることなんだが、一緒に働くのって同じクラスで生活するより遥かに仲良くなるスピードが速い気がするんだよな。その理由は『店をしっかりと回す』という共通の目標があるからだと睨んでいる。

そんな環境でも仲良くなれない俺と古林さんは一体なんなんだという話ではあるんだが。

「夏樹もりりむと仲良くなりたいんじゃないかな。一緒に働く仲間に嫌われているのは辛いからね」

「そうだね。無理にとは言わないけど、徐々に仲良くなっていけたらいいなとは思ってるよ」

今のままでも問題はないんだけどね。仕事はしっかりとやってくれてるし。ただ俺と目が合うと威嚇してくるだけだし。

「ボクも二人が仲良くなってくれると嬉しいんだけどなあ」

「うぐぐ……」

立華さんにそう言われ古林さんはテーブルに突っ伏した。長いうめき声をあげた後、がばっと起き上がる。

「……センパイのことは嫌いですけど、仕事中は普通に接してあげますから！」

顔を赤くしながら古林さんはそう宣言した。

「ありがとう。そうしてくれるなら嬉しいよ」

そう言うと古林さんは更に顔を赤くする。そんな俺達を見て、立華さんは満足そうに微笑んでいた。

今まで俺に対し敵意を隠そうともしなかった古林さんだったが、歓迎会は意外なほど和やかな雰囲気で進んでいる。雑談にも花が咲き、古林さんと立華さんの出会いのエピソードを聞くことになった。

「実は私、一織様に助けていただいたことがあるんです」

そう話す古林さんの表情は、まるで宝物を自慢する子供のように誇らしげだ。

「ボクがりりむを？　………済まない、ちょっと思い出せないな」

「覚えてなくて当然だと思います。後になって気が付いたんですけど、私、名前も告げずに逃げてしまったので」

シチュエーションは分からないが、その様子は容易に想像できた。

「助けたって、一体何があったの？」

「ふふふ、知りたいですか？　どーしよっかなー」

ニヤニヤと意地の悪い笑みで俺を挑発してくる古林さんは、俺が年上だということもバイトの先輩だということも忘れているんじゃなかろうか。まあ楽しく働いてくれるならそれでいいんだけどね。

「ボクも聞きたいな。もしかしたら思い出せるかもしれないし」

「かしこまりました！　えっと、話は四月の頭まで遡るんですが――」

この差をどうしたものか。別にかしこまってほしいわけではないけど、俺に対してももう少し素直になってくれればコミュニケーションが取りやすいんだけどなあ。

「――私、お昼休みにパンを買いに行ったんです。『パン争奪戦』のことを何も知らなくて、凄く軽い気持ちで」

「パン争奪戦？」

なんだそのファンタジー感満載の戦いは。

「雀桜のパンは凄く美味しいので、お昼休みになると沢山の人が買いに来るんです。『パン争奪戦』はお昼休みの一大イベントと言っても過言じゃありません」

「確か近くのパン屋さんから仕入れているんじゃなかったかな。ほら、あの猫の看板の」

「えっ、あそこのパンだったんですか⁉　今度行ってみようかな……」

二人が雀桜トークに花を咲かせる。それにしても争奪戦になるほどのパンとはどんな味がするんだろう。一度食べてみたいところだ。

「私、身体が小さいじゃないですか。それでものの見事に人波に流されてしまったんです。もう潰れちゃうんじゃないかってくらい押し潰されて、足がついてないのにぐわーって移動して。あ、死んじゃうかも……って思いました」

古林さんは明るく言っているけど、それは冗談抜きにピンチだったんじゃないか。死ぬは言い過ぎだとしても、大怪我を負ってもおかしくない状況に思える。

「そんな時ですよ！」

古林さんがテーブルを叩いて声を張り上げた。その隣で、立華さんが小さく「あ、思い出した。あれはりりむだったのか」と呟く。

「いきなり人波が二つに割れて、私は助かりました。何が起きたのか分からず床にへたり込んでいた私の前に、向こうの方からゆっくりと一織様が歩いてきたんです」

聖書みたいなエピソードだ。読んだことはないけど、確か海を割ったみたいな話があった気がするんだよな。古林さんが遭遇した出来事はまさにそんな感じだったんじゃないだろうか。

「一織様は私の傍にしゃがみ込んで――」

「――怪我はないかい？」

立華さんが古林さんの手を取る。それが当時の再現なんだということは古林さんの様子を見ればすぐに分かった。古林さんは目と口を大きく開けて、声にならない声をあげながら固まっていた。

……………なるほど、これはファンになるな。恋に落ちるには十分すぎる。入学したてで右も左も分からない一年生ならなおさら。

「それで古林さんは立華さんのファンになったんだ」

「そ、そうなんです！　それからは一織様のファンクラブに入って、密かに見守らせていただいてるんです」

「りりむは全然密かではないけどね」

立華さんがツッコむ。確かに同じバイト先に応募までしてくるのは古林さんくらいだろう。

「そっ、それは山吹センパイのせいですから。蒼鷹祭での二人を見たら居ても立ってもいられなくなったんです」

古林さんが鼻息荒く主張する。

「でも、良かったです。どうやら噂は噂みたいでしたから」

噂というのは「俺と立華さんがどうこう」というやつだろう。普通に考えればそんなことありえないって分かりそうなものだけど、恋は人を盲目にすることを俺はサイベリアで嫌というほど学んでいた。

「もし噂が本当だったら、私、山吹センパイに襲い掛かるところでした」

俺に向かって両手を開いてライオンのポーズをする古林さん。残念ながら子猫か何かにしか見えない。

「――――分からないよ」

俺達のやりとりを見ていた立華さんがおもむろに立ち上がった。古林さんが驚いた様子で立華さんを見上げる。

立華さんは俺の隣に身体を滑り込ませると、なんと身体を密着させて寄り掛かってきた。柔らかい何かが腕に当たり、身体が硬直する。

「ボクが本当はこうしたかったって言ったら――――どうする？」

「えっ……」

信じられない、という表情を浮かべる古林さん。立華さんは挑発するような笑みを古林さんに向けていた。

……古林さんを揶揄ってるな、これは。立華さんの悪い癖だ。俺もこの前サイベリアで一緒にご飯を食べた時にやられた。

「う……うぅ……うわぁぁぁぁん！　一織様が取られたぁぁぁぁぁぁ！！」

古林さんは目に涙を浮かべて走り去ってしまった。そりゃそうだ、推しのこんな姿を見せられてはショックでじっとなどしていられない。

「……立華さん、あまり古林さんを揶揄うのは可哀想だよ」

俺は立華さんの立場になったことがないから気持ちは分からないけど、自分に好意を向けてくれる後輩相手にするいたずらにしては少々度が過ぎる気がした。

「――――じゃない」

立華さんが立ち上がって向かいに置いてあった荷物を手に取る。さっきまでの挑発的な笑みはどこかに消えていて、僅かに頬を染めた、いつもよりどこか柔らかい表情の立華さんがそこにいた。

「嘘じゃないよ――――私も一応、女の子だからね」

五章『王子様』の異変

サイベリアから帰ってきた俺は夜ご飯のハンバーグを食べ、宿題をし、お気に入りの配信者の動画を観て、遅めのお風呂に入った。

ずっと頭の中をぐるぐるしていたのは、勿論立華さんのことだ。そのせいでハンバーグの味なんて全く分からなかったし、大好きな配信者の動画も今日は全然笑えなかった。

「…………はぁあああ」

肩まで湯舟に浸かると、自分でもびっくりするくらい大きな溜息が出た。

溜息をつくと幸せが逃げていく、という母の教えを守って普段はしないように気を付けていたけど、今日は流石に無理だった。溜息をついても幸せになることもあれば、溜息をつかなくても不幸になることもあると、高校生になった俺は既に知っている。

溜息のことはいい。問題は立華さんだ。

今日の立華さんは明らかに様子がおかしかった。去り際に見せたあの表情はあまりにも今までの立華さんとはかけ離れていた。上手く言えないけど、俺の知る立華さんはあんな表情はしない。

また俺を揶揄って遊んでいるのかなとも思ったけど……何かが引っ掛かる。今回は冗談じやない。不思議とそんな確信があるのだった。

「…………私、って言ってたよな」

それが強烈に頭に残っている。蒼鷹の誰よりもかっこいい立華さんが、あの瞬間は等身大の女の子にしか見えなかった。その場限りのキャラなんかじゃない自然な仕草だったように思えてならない。

……………『雀桜の王子様』が作られたものだというのなら、どうして立華さんはわざわざそんなことをしているんだろうか。

確かに冗談かってくらい似合ってはいる。あんなに『王子様』という二つ名が似合う人なんて男子にだっていやしない。

でも別に、だからといって男のように振る舞う理由にはならない。

思考がぐるぐると同じ所を巡っていく。もう何度目かも分からない「何故」にぶち当たったところで、俺は考えるのを諦めた。

「…………のぼせた」

お風呂から出て扇風機で身体を冷やす。長風呂して分かったのは、俺は立華さんについて何も知らないってことだけだった。見えてきたと思っていた立華さんの背中が、また遠ざかっていく。

◆

「一織様が私に意地悪するのはきっとセンパイのせいですっ！」

昨日は泣きながら帰った古林さんだったが、文句を言えるくらいには元気を取り戻したらしい。俺の顔を見るなりそんな言葉を浴びせかけてきた。

「そうかな？」

今日、立華さんは休みだ。どうやら雀桜生は立華さんのシフトを把握しているようで、立華さんが休みの日は客足が遠のく傾向にある。それでも店に愛着が湧いて来てくれる子も少なくないが、今日はまったりとした営業になりそうだ。

「そうですよ。二人の時はすっごく優しいんですから」

「まあそうだろうね」

立華さんは女の子に対して物凄く優しい。『王子様』というのはそういうものだろうと深く考えずにここまで来たけど、今となっては色々と考えてしまう。

「ダメですからね、センパイ。昨日のことで勘違いしちゃ」

古林さんがメイド服にコロコロをかけながら言う。昨日のことというのは、立華さんが俺に寄り掛かってきたことを指しているんだろう。

「一織様は私達の『王子様』なんですから」

今まで何度も聞いてきたその言葉が、何故か凄く冷たいものに感じられた。

もしかしたら立華さんは孤独なんじゃないか。

そんな考えが瞬間的に脳裏をよぎった。誰ひとり、立華さんがあんな顔をするだなんて考えてもいない。そんな世界で立華さんは生きている。

「……………分からないよ」

「え？」

「みんな、おはよう。朝礼を始めるぞ」

俺が余計なことを言ってしまいそうになったところで店長がキッチンからやってきた。時計を見れば十六時五十五分、朝礼の時間だった。

「一織は…………休みか。今日は暇だろうから、その分りりむをビシバシ鍛えてやってくれ」

「ひえっ⁉」

古林さんが青ざめる。まだレジやサーブがちょっと不安みたいだから、今日はそこを重点的に見てあげるのがいいかもしれないな。

俺達がキッチンに出ると、ちょうど入店音が鳴った。

「古林さん、案内行ける？」

「頑張(がんば)ります！」

古林(こばやし)さんが案内に駆(か)けていく。俺はその間にさっとホール中に視線を巡(めぐ)らせて状況を把握(じょうきょうはあく)する。今いるのは七組……全員食べ終わりみたいだな。近いうちにバッシングのラッシュが来るかもしれない。

「あっ、一織(いおり)様っ！　遊びに来てくれたんですか⁉」

玄関(げんかん)の方から気になるワードが聞こえてくる。視線をやると、なんと制服姿の立華(たちばな)さんが立っていた。

笑顔(えがお)の古林(こばやし)さんに案内されて立華(たちばな)さんがテーブルに移動する。道中で目は合わなかった。案内が終わると、古林(こばやし)さんが駆(か)け足(あし)で俺の元にやってくる。

「一織(いおり)様のサーブは私が行きますからね！」

元々そのつもりだったので俺は承諾(しょうだく)した。今日は古林(こばやし)さんの教育に時間をあてるつもりだ。古林(こばやし)さんがキッチンに引っ込んでいき「四番テーブル、一織(いおり)様です！」と嬉(うれ)しそうに報告するのがここまで聞こえてくる。

悩(なや)んだ末、立華(たちばな)さんと話すことにした。特に何か考えてきたわけではないけど、行けば何か進展するんじゃないか。そんな期待もあったし、そうしなければ何も始まらない。

四番テーブルに近付くと、立華(たちばな)さんが頭をあげて俺の顔を見た。少なくとも気まずい雰囲気(ふんいき)はない。

「やあ、夏樹。今日は暇そうだね」

立華さんはいつも通りだった。いつも通り過ぎて、俺は内心で少し焦った。昨日のことについて何かしらアクションがあると思い込んでいたし、あるなら第一声だと思っていたから。

「立華さんがいないからね。今日は古林さんの教育をメインでやるつもりなんだ」

「それがいい。ボクのことは練習台にしてもらって構わないよ」

――『ボク』。

その言葉が頭の中で反響する。俺のよく知る、いつもの立華さんだ。

「そうさせてもらうね。ダメなところがあったらビシバシ言ってくれると助かる」

「了解した」

そう言って、立華さんは注文用タブレットに手を伸ばした。会話終了のちょうどいいタイミングだ。俺の足が勝手に空気を読んで、テーブルから離れようと一歩後ろに踏み出す。

「――夏樹」

タブレットに視線を落としたまま立華さんが呟く。

「……昨日のことは、忘れてくれると嬉しい」

立華さんらしくない声だった。髪で隠れていて表情は分からない。でも、笑顔ではないだろう。

「……」

俺は小さい頃から「他人には優しくしなさい」と口酸っぱく言われて育った。だから余程のことがない限り、誰かのお願いは聞いてあげたいと思っている。それが立華さんであれば余計にそうだ。心の中が「忘れてあげよう」の方向へ一斉に走り出す――でも。

「――嫌だ」

意思に反発するように、気付けばそう言っていた。よく言った、と心の中で誰かが叫ぶ。

「俺は絶対に忘れないから。だから、もし立華さんが俺に話してもいいと思ったらその時に話してほしい」

お節介なのは重々承知だった。忘れてほしいと言うくらいだから、少なくとも立華さんは昨日のことを後悔したんだろう。山吹夏樹は自らの心を打ち明けるに値しない存在だと判断した。もしかしたら、今日はそれを言いにサイベリアに来たのかもしれない。

だから、俺の行動はきっと余計なお世話というやつだ。

……それでも良かった。今の立華さんは、どうにも放っておけなかったんだ。

立華さんはタブレットに視線を落としたままだ。でも画面に集中していないのは明らかで、いつもの堂々とした立華さんの面影は全くない。まるで別人みたいだ。

「立華さんが何に悩んでいるのかは分からないけど、力になりたいんだ」

立華さんの指がピタッと止まった。

「それは……………私の教育係だから？」

――――『私』。確かにそう言った。

「立華さんだからだよ。放っておけないんだ」

古林さんが同じように困っていたら、俺は同じように首を突っ込むだろうか。きっとそうはならない気がする。俺は立華さんだから余計なお世話を焼きたくなるのだった。理由は分からないけど、俺の心はそうできていた。

立華さんの指が迷うようにタブレットの上を滑る。何度か画面を行ったり来たりして、最終的にフライドポテトを注文した。社割が効くので通常四百円のところ、従業員は百円で食べられる。それを教えた時のクラスメイトの歓喜っぷりは未だに鮮明に思い出せた。

来店を知らせるベルが鳴った。スーツ姿の女性が二人、入口に見えた。古林さんの姿を探すもどうやらキッチンにいるようだったので、案内に向かう。

「…………ありがとう」

柔らかな声が、背中に沁み込んでいく。

◆

「ふえぇ～……ちかれたぁ……」

退勤ボタンを押した古林さんがへなへなと店長の椅子にもたれ込んだ。

「お疲れ様。今日はかなり成長したんじゃない？」

「ですねえ〜。レジは完璧かもです」

俺も続いて退勤処理を済ませ、そそくさと更衣室に引っ込む。スーツのボタンを外している と、隣の更衣室に古林さんの入る音がした。

「古林さん、ちょっと訊いていい？」

「なんですか？」

「立華さんってさ、雀桜でどんな感じなの？」

「なんですかぁ、その要領を得ない質問は」

古林さんは俺に対して容赦がない。でも俺はこれを親愛の裏返しだと思うことにしている。その方が気持ちが楽だからだ。

「どんな感じで過ごしてるのかなって。友達に囲まれてたり？」

多分違うだろうなと思いながら、俺はそういう聞き方をしてみた。返ってきたのはやはり否定の言葉だった。

「友達だなんて、雀桜でそんな抜け駆けみたいなことしたら大騒ぎになっちゃうと思います。私だって結構言われてるんですから」

「え、大丈夫なの？」

「勿論です！　一織様と一緒に働けるだけで私は幸せですから」

古林さん、ふわふわした子だと思っていたけど意外と陰では苦労してるのかもしれない。そう言えば店長が「物凄い真剣な表情で採用を頼み込んできた」って言ってたっけ。諸々覚悟の上でサイベリアで働くことを決めたんだろう。

「古林さんみたいな子が近くにいて立華さんは幸せ者だね」

「何を言ってるんですか。幸せ者は私の方ですよ」

「それはそうかも」

それから俺達は他愛もない雑談をして、サイベリアで別れた。自転車に乗った古林さんの背中が駅の方向へ小さく消えていく。

立華さんの存在が、俺の中でどんどん大きくなっていくのが分かった。

◆

五月も終わろうかというある日の昼休み、颯汰がスマホ片手に俺の机までやってきた。

「夏樹、今大丈夫か？」

前の席に逆向きに座りながら颯汰が言う。その席の主である栗林はいつも昼休み終了ギリギリまで戻ってこないことを俺達は知っている。

「いいけど、どうしたの？」

「いやちょっと『雀桜の王子様』について訊きたくてさ」

「立華さん？」

予想外の名前が出てつい訊き返してしまう。

立華さんはすっかりいつもの調子を取り戻していて、あの件について進展はない。今のところ俺にできるのは待つことだけだった。

「昨日シラタキとルインしてたらお願いされちゃってさ。ちょっと深刻そうな感じなんだよ」

シラタキ、というのは颯汰が蒼鷹祭で知り合った雀桜の二年生だ。苗字なのか名前なのか、それともニックネームなのかは分からない。蒼鷹祭当日に「連絡先を交換した」と誇らしげな報告を受けてから続報を全く聞いていなかったけど、まだやり取りが続いていたとは。

……まさか、付き合っているのか？

「お願いされたって、俺に立華さんについて何かしらを訊いてくれってこと？」

「そうそう。夏樹と立華さんが同じバイト先だってのは雀桜でも有名だからさ」

「ほんと、なんで有名になっちゃったんだろうね」

蒼鷹で一番有名な雀桜生は間違いなく立華さんだけど、雀桜で一番有名な蒼鷹生は恐らく俺だろう。そう考えたらサイベリアが凄いお店な気がしてくる。

「まあ諦めろって。それでさ、その立華さんが最近元気ないらしいんだよ。何か知らないか？」

「いや、全然知らないけど」

そう即答してしまうくらいには身に覚えがなかった。寧ろ、最近の立華さんはいつにも増してキラキラ輝いてる印象すらある。古林さんが業務そっちのけで立華さんの方へ吸い寄せられていくのをこの一週間で何度見たことか。その度に俺はフォローに奔走していた。

「サイベリアだと凄く楽しそうだよ？」

「いや、それなんだよ」

有力な手掛かりを落としたつもりだったけど、颯汰は知っていたらしい。

「雀桜のみんなも不審に思ってサイベリアに見に行ったらしいんだよ。そうしたら、学校と全然雰囲気が違うんだと」

雀桜生は立華さんのことになると大袈裟になる。だからちょっとした勘違いか何かだろうと高を括っていたけど、そんな簡単な話でもないらしい。

俺は椅子に深く座り直して背筋を伸ばした。じんわりと瞼の辺りに纏わりついていた昼食後の眠気が吹き飛んでいく。

「雀桜ではどんな感じなの？」

「えっと……窓の外を見て溜息をついたり、ふらっと一人でどこかに消えたりしてるみたいだ。今までは全然そんなことなかったらしい」

颯汰がスマホを見ながら言う。

ない。

「……………なるほど」

確かにそれは異常事態だ。『雀桜の王子様』が校内で溜息をついている姿など全く想像できない。

初めて立華さんに会った日の退勤後だったか——疲れてないのかと訊いた俺に対し、立華さんは「疲れているけど、人前ではそれを出さないだけさ」と答えた。そんな立華さんがファンに囲まれた雀桜高校で溜息などつくはずがない。

だとすれば、考えられることは一つだ。

その立華さんは——皆の知る立華さんではない。

「やっぱ夏樹から見てもおかしいよな？」

「そうだね。ちょっと想像できないかも」

「俺が思ったのはあれなんだよな——なんか恋する乙女みたいじゃねえか？」

「そうかな？」

平静を装ったけど内心はドキッとした。「恋する」というのはピンとこないけど、「乙女」という部分は合っていた。

少し聞いただけの颯汰ですらそう思うのだから、雀桜にもそう考える人がいてもおかしくない。このままでは立華さんの『王子様』キャラが崩れてしまうかもしれない。それは立華さんの望むところなんだろうか。

「流石にねえかー。めちゃくちゃイケメンだもんな立華さん。マジで羨ましいわ」

蒼鷹生も雀桜生も皆そう思っているはずだ。

だから立華さんは一人で悩んでいるんじゃないか。

……………どうにかできるのは俺しかいない気がした。

六章　『王子様』の秘密

小学校に上がる頃には、『私』は自分の容姿の特異性に気が付いていた。

男子には当たり前のようにドッジボールに誘われ、バレンタインデーには両手に抱えきれないほどのチョコレートを女子から貰った。私が『男子』として振る舞うようになるのに時間はかからなかったし、特に決心も必要なかった。不思議なことに『男子』を演じていてもそこまで違和感がなかったのだ。

そうやって過ごしているうちに『女子』の私はどんどん影を潜めていく。演技だったはずの『男子』は徐々に私の中心に居座るようになり、中学生になった私は周囲から『王子様』と呼ばれるようになっていた。

――『私』を知る人は誰もいなくなってしまった。

少なからずショックだったのは、他でもない私自身が、それをなんとも思っていなかったことだ。外に出たことのない『私』より、皆からちやほやされる『ボク』の方が居心地が良かった。大きくなっていく胸をさらしで押さえつけてボクは『男子』を続けた。

雀桜高校に入ることにした理由は、やはり女子高だというのが大きかった。女子に囲まれていればボクはずっとボクでいられる。

案の定、入学してからのボクは何不自由ない生活を送ることができた。

四六時中誰かの視線に曝されるというのは、人によってはストレスなのかもしれないが、ボクは特に気にならなかった。

入学して一か月が経ったある日、下校のチャイムに合わせて席を立つと、教室に入りきれない数の生徒が廊下でボクを待ち受けていた。

「ボクのファンクラブ？」

「ご迷惑でなければ、組織を立ち上げて活動させていただきたいんです」

話を聞けばどうやらボクのファンクラブをつくりたいらしい。活動内容はまだ決まっていないが、迷惑になるようなことはしないという。

「構わないよ」

代表者と思しき上級生に微笑みかけると、その生徒は跳び上がって周囲の女子と手を絡ませ合いながら喜んでくれた。とても仲が良さそうだった。

………最後に友人と感情を共有したのはいつだったか。全く思い出せない。

「ボクにできることがあればなんでも言ってくれ。できる限り協力しよう」

雀桜に入っても誰かを好きになることはなかった。それは小学生の頃からずっと同じだ。

恋を知らぬまま高校生になってしまったボクには、目に涙を浮かべて喜んでいる上級生の気持ちも、本音を言えば分からなかった。

――ボクは皆の気持ちには応えられない。

だから、それ以外の何かを返そうと思った。

そんな態度が更に周囲を焚きつけたのか、ファンクラブは爆発的に大きくなっていった。風の噂で聞いたところによるとほぼ全校生徒が入っているらしい。それはもはや学校の公的な組織ではないかと思わずツッコみそうになったけど、ツッコむ相手もいなかった。

そうやって、極めて順調にボクは二年生になった。


元々、二年生になったらアルバイトを始めようと思っていた。

スーパー、コンビニ、ショッピングモール――候補は沢山あったけど、学校近くのファミリーレストランで働くことに決めた。

決め手はコスチュームがお洒落なことと、前に利用した時にホールで働く男性店員の接客が気持ち良かったから。名前までは見なかったけど、ああいう人がいるならきっと楽しく働けると思った。

面接の場ですぐに採用が決まり、初出勤の日になった。ほんの少しだけ緊張しながらサイベリア裏口のドアを開けると――まさにその男性店員がいた。

「えっと……山吹夏樹、でいいのかな？」

年上だと思っていたけど、どうやら同い年らしい。サイベリアの男性用ユニフォームには、きっと着ている人を大人に見せる効果がある。ボクも今から袖を通せると思うとワクワクした。夏樹の気遣いもあり、ボクは男性用ユニフォームを着て働けることになった。いい先輩に巡り合えたと思った。

ボクの接客のせいでサイベリアがパンクしてしまった。店長は「売上が倍増した」と喜んでいたけど、アルバイトの皆の疲労は限界に達していた。

店に迷惑を掛けるのは本意ではなかったから、ボクは接客態度を改めることに決めた。

そんな中で、夏樹がボクを庇ってくれた。

「俺は君の教育係だから。立華さんを守ってあげるのが俺の役目だと思うんだ」

「……………そっか」

私の心臓が、大きな音を立てて跳ねた。

蒼鷹祭を経て、夏樹はボクの中でどんどん特別な存在になっていった。それと同時に、ボクは夏樹にどう接したらいいか分からなくなっていった。

ボクはずっと王子様として生きてきた。今更女の子らしく振る舞うことなんてできない。やり方も忘れてしまった。でも、そうしたかった。

八方塞がりな世界の中で、ボクは夏樹への気持ちをそっと心の奥にしまい込んだ。はずだった。

「嘘じゃないよ——私も一応、女の子だからね」

その日の夜、私は酷く後悔した。夏樹に変な人だと思われたらどうしよう。そう考えたら怖くて眠れなかった。

翌日、私は夏樹に会う為にサイベリアを訪れた。自分がこんな不安定な気持ちになるなんて思いもしなかった。

「……昨日のことは、忘れてくれると嬉しい」

夏樹に「可愛い」と思ってもらうことはできないかもしれないが、やはりこうするしかないように思えた。夏樹はいつもと同じ態度でボクに接してくれて、凄くホッとした。

「俺は絶対に忘れないから。だから、もし立華さんが俺に話してもいいと思ったらその時に話してほしい」

無理難題を言うなあとボクは心の中で苦笑いを浮かべた。でも、それ以上に嬉しかった。ほんの少しだけ勇気を貰えた気がしたんだ。

……その勇気が、ボクを苦しめることになるとは思いも寄らなかった。

頭の中ではずっと夏樹のことを考えていた。そうすると、『私』が顔を出すのだ。安定していた『立華一織』は、夏樹によってバランスを失いつつあった。雀桜高校で過ごしている時ですら、ボクはボクでいられなくなった。

――もういっそ、夏樹に全て話してしまおうか。

何度もそんな言葉が頭をよぎった。でもそれだけはできなかった。『ボク』で上手くいきすぎていた『私』は、どうしても自分を受け入れてもらえるという自信が持てなかったんだ。夏樹が忘れてくれるように、サイベリアではいつも以上にボクらしく振る舞った。

それなのに、ボクは心のどこかで夏樹が『私』を見つけてくれることを願っていた。

◆

「大学生なんてな、毎日が土日みたいなもんなんだよ」

という嘘か本当か分からない店長の思想によって、サイベリアのシフトは基本的に平日は高校生が頑張り、土日は大学生が頑張るという方針になっている。「高校生は土日まで働くことはない、その時間で青春しろ」と店長は言ってくれたけど、今のところその気遣いは無駄にしてしまっている。

そんなわけで金曜の夜だ。今日を乗り切れば正真正銘の二連休が待っている。

「夏樹、レジお願いできるかい？」

「おっけ。そのまま向こうのバッシング全部行くからその間サーブお願いしてもいい？」

「了解したよ」

流れるようなやり取りで忙しいホールを捌いていく。

いつもは雀桜生だらけなサイベリアだけど、金曜の夜だけは少し客層の毛色が変わる。スーツ姿の社会人や緩い私服姿のグループなど、大人が大多数を占めるようになるのだ。うちはアルコール類にも力を入れているので居酒屋代わりになっているんだろう。俺も初めてお酒を飲むのはサイベリアがいいなと思っている。

バッシングを終えウェイティングのお客様を全員案内すると、やっと忙しさの波が落ち着いた。時計を見たらもう二十時を回っている。忙しい日は冗談みたいに時間が経つのが早い。

………俺は今日、立華さんに話をするつもりだ。

どう切り出せばいいかなんて全く思いついていない。でも、俺が言い方を工夫したところで意味なんてない気もしている。元から口が上手い方じゃないんだ。当たって砕けろは好きじゃないけど、ここで行動しないと一生後悔する気がした。

「ありがとうございました、またお越しくださいませ！」

スーツ姿のサラリーマンを見送る。どんな結果になったとしても、俺達の関係は確実に変わってしまうだろう。考えれば考えるほど上手くいく気がしなくなるから忙しいのはありがたかった。少なくともその間だけは後のことを考えずにいられる。

「なんだその態度は⁉」

ホールに怒号が響き渡った。レジの応対をしながら反射的に視線をやると、白髪の老人が立ち上がって立華さんに絡んでいる。目の前のお客様も何事かと一瞬目を向け、すぐに興味を失ったように視線を戻した。

………酔っ払いに絡まれるのは金曜の夜にたまにあるトラブルだ。適当に宥めていれば大抵すぐに落ち着く。立華さんもそれを分かっているのか、怯む様子もなく会話を続けているようだった。古林さんだったら心配だけど、立華さんなら大丈夫そうだな。

「お客様のお会計、３９８６円になります」

「ルインペイで」

「かしこまりました。こちらにタッチお願い致します」

やり取りの間も、老人の声の勢いが収まらない。何があったのか分からないが心配になってくる。レジさえ終われば間に入れるんだが。

目線だけでチラチラと立華さんの方を確認すると、烈火の如き勢いで老人に迫られていても、立華さんにはまだ少し余裕がありそうだった――

――がしかし。

「……ッ！　お客様少しだけお待ちください！」

俺はレジを飛び出した。

ヒートアップした老人が立華さんの肩を押したのだ。立華さんは体勢を崩して床にへたり込む。その様子がスローモーションで目に飛び込んできた。

「――お客様、いかがなされましたか？」

俺は老人と立華さんの間に身体を滑り込ませた。近付いただけで分かる酒臭さ。相当酔っぱらっている。

「なんだお前は⁉」

立華さんが心配だが、まずは目の前のこれを何とかしなければならない。

老人はあっさりと矛先を俺に変えた。絡めるなら誰でもいいんだろうな。慣れてはいるけど、流石に少しイラっとする。

「山吹と申します。大変申し訳ないのですが、他のお客様のご迷惑になりますのでお静かに願えますか？　最悪の場合、警察を呼ぶことになってしまいますので」

警察、という単語に老人は怯んだ。酔っぱらっていてもそれは分かるのか。

「わ、わしは普通に飲んどるだけだぞ！」

「ええ、普通にしていただけたらこれ以上申し上げることはございません。折角の金曜日なんですから、お互い笑顔で過ごしませんか？」

言いながら、背中に庇った立華さんに一瞬視線をやる。立華さんは茫然とした表情で俺を見上げていた。

「テーブル、どちらですか？　一緒に戻りましょう」

俺は立華さんにだけ見えるように片手を背中に回すと、ピースを作った。安心してくれるといいんだけど。

老人は気勢をそがれたのか「一人で戻れるわい！」と捨て台詞を残して去っていく。戻った先は遠くの十三番テーブル。ああ、あそこ沢山お酒頼んでたな。

お客様を待たせているレジに視線をやると三嶋さんがキッチンから出て来てフォローしてくれていた。俺は立華さんの傍にしゃがみ込む。

「助けるのが遅れてごめん。ちょうどレジに入ってて」

「あ、うん……」

立華さんは心ここに在らず、といった様子だった。質の悪い酔っ払いに当たったのが初めてでショックを受けているんだろう。あそこまでのは滅多にいないからこうなるのも無理はない。

立華さんは女の子なんだ。

「立てる？」

俺が手を伸ばすと、立華さんがゆっくりと俺の手を握った。

………立華さんの手は小さく震えていた。

「もう九時過ぎで落ち着いてるし、立華さんは先に上がらせてもらおう？」

立華さんを立ち上がらせてバックヤードに引っ張っていくと、レジに入ってくれた三嶋さんがすれ違いざまに「二人とも上がっていいぞ」と言ってくれた。小さくお礼を言ってホールを後にする。

「…………格好悪いところを見せてしまったね」

震えこそ止まっていたものの、立華さんは酷く落ち込んでいた。声には覇気がなく、いつもとは別人みたいだった。

「全然そんなことないよ。あんなに怒鳴られたら誰だって怖いし、ショックだと思う」

…………老人にも腹が立つが、一番腹が立つのは自分自身に対してだ。今回の出来事は「立華さんなら大丈夫だろう」と判断した俺の落ち度だ。あれが古林さんだったら俺は間違いなくレジを中断して飛んでいっただろう。何故その判断が立華さんに対してできなかったんだ。

「ごめん。もっと早く行ってれば良かった」

「いや、嬉しかったよ。夏樹が来てくれなかったらどうなっていたか」

俺のフォローには立華さんを元気付けるだけの力はなく、立華さんは浮かない顔でバックヤードの白い床に視線を落としている。普段はこっちが恥ずかしくなるくらい真っすぐ目を見て話す、あの立華さんが。

「さっきのことは雀桜生には見られてないと思う。雀桜生は一組もいなかったから」

俺は必死に今の立華さんに効く薬を探した。何が効くかなんて全く分からない。それでも探さずにはいられなかった。

「他のお客様もほとんどがお酒を飲んでたから、俺達に注目してる人は少なかったと思う。だから大丈夫だよ」

一体何が大丈夫だというんだろう。そもそも、俺には立華さんが落ち込んでいる理由が今一つピンときていないというのに。

ビックリするのは分かる。

怖がるのも分かる。

でも、落ち込むのはよく分からなかった。

立華さんは確かにかっこいいし、周りにもそう思われている。でも、だからといってそう振る舞わないといけないわけじゃない。俺に格好悪いところを見せたからといって気に病む必要なんてないんだ。

思えば立華さんはそこに凄くこだわっていた。他人からどう見られているかを常に意識していると、初めて聞いた時は何も疑問に思わなかった。『雀桜の王子様』はこんなに凄いのかと驚くだけだった。でも冷静に考えたらそれはちょっと異常だ。立華さんは女優じゃないし、ここは舞台の上じゃないんだから。

「……それは良かった。なんとか幻滅されずに済んだようだ」

そんなことあるわけない、と言い切れないのが現実だった。雀桜生は立華さんに強く憧れている。王子様なんだと本気で信じている。もしかしたら幻滅する人だっているかもしれない。

「いいんじゃないかな――幻滅されたって」

「え？」

立華さんが顔を上げて、驚いたように俺に注目する。

「俺は立華さんのことをまだあまり知らないかもしれない。それでも、頑張っているのはよく分かるんだ」

例えば、立華さんは人前であくび一つしない。でも眠くないわけじゃないんだ。立華さんだって同じ人間なんだから。

「そんなに頑張らなくてもいいんじゃないかな。少しくらい肩肘張らずにリラックスしても、きっと大丈夫だよ」

皆の無責任な期待が立華さんを苦しめている。それにやっと気が付いた。誰もが立華さんは特別だって思っているけど、そんなことなかったんだ。だって、もし本当に立華さんが特別な存在なら……こんな顔はしないはずだ。こんな辛そうな顔は。

「ごめん。俺、立華さんは平気なんだって思ってた。みんなとは違う特別な存在なんだって。でもそんなわけないよね。だって俺と同じ高校生なんだもん」

立華さんの心の中は俺には分からない。全ては俺の勘違いで、立華さんは別に現状に苦しんでいるわけじゃないのかもしれない。心の底から『王子様』なのかもしれない。

それならそれでよかった。俺が出しゃばって変なことを言っただけだ。そんな恥ならいくらでもかいてやる。

でも――――そうじゃないのなら。

俺の言葉で少しでも立華さんを救えるのなら。

「……………どうしたんだい夏樹。今日は妙に優しいじゃないか」

「思ったことを言ってるだけだよ。もしかしたら見当違いかもしれないけど、これでも立華さんのことはずっと見てきたから」

――――確信みたいなものは、あるんだ。

「これからは何かあったらすぐに飛んでいくよ。こんなことはもう起こさせない」

「…………それは、ボクの教育係だから？」

立華さんが小さく呟く。

どうだろうか。

俺は立華さんの教育係だから立華さんを助けるんだろうか。

いや――――多分違う。もっとしっくりくる答えが俺の中にある。

「教育係だからじゃない。俺自身が、そう思ったんだ」

少しカッコつけ過ぎたかもしれない。でも、これが本心だった。

「…………そうか」

立華さんが足元に視線を落とした。前髪で表情は分からなかったけど、なんとなく俺の気持ちは伝わっている気がした。

「ねえ夏樹………ちょっとだけ、昔話を聞いてくれるかい?」

ぽつりと。

小さく漏らしたその一言が、俺達にとっては大きな一歩だったんだ。


「ボクは昔からこんな感じでね、家で人形遊びをしているより外でサッカーをしている方が好きな子供だったんだ。小学校に上がる頃には周りから男子みたいな扱いを受けていたよ」

「それは……なんだか目に浮かぶかも」

「そうだろう? でもね、当時はここまでじゃなかったんだ。それらしい出来事といえばバレンタインにチョコを貰うようになったくらいでね、あとは普通の子供だったと思う」

バレンタインにチョコ。

さらっと言ったけど、それは結構凄いイベントなんじゃないだろうか。その年齢で友チョコってわけでもないだろうし。純粋な子供の目から見ても当時の立華さんが他の男子より格好良かったってことだ。

「少しずつ女の子からちやほやされ始めてね。中学生に上がる頃には、ボクもそれに応えたいと思うようになったんだ」

「……それで『王子様』に？」

立華さんは小さく頷いた。

「とは言っても元からこんな感じだからね。何かを大きく変えたわけではなかったよ。他人の目を意識するようにしたとか、弱っている姿を見せないようにしたとか、そういうレベルさ」

夏樹には見せてしまったけどね、と自嘲気味に立華さんは笑った。こんな時、立華さんだったらきっと気の利いた言葉をかけられるんだろう。でも俺はただ黙っていることしかできなかった。この話の重みを測りかねていたんだ。

「そんなこんなででき上がったのが『雀桜の王子様』というわけさ。皆が憧れる王子様は実は作り物だったんだよ」

立華さんは飄々としている。でも俺にはそんな軽い話には思えなかった。周囲の期待に応え続ける毎日はきっと孤独だったはずだ。色々なものを乗り越えて、立華さんは今笑えているんだろう。

「……あーあ、墓場まで持っていくつもりだったのに。そう上手くはいかないか」

立華さんが立ち上がり、大きく伸びをした。言葉の割に空気は軽い。

「俺に話したの、後悔してる？」

「んー……どうだろう」

立華さんが俺の顔をじっと見つめてくる。いつもは物語の登場人物みたいにキラキラしてる立華さんも、今は普通の高校二年生に見えた。

いや、流石に普通ではないか。物凄く顔がいい高校二年生がそこにいた。これが素の立華さんなんだろう。『王子様』ではないかもしれないが、魅力は全く変わらない。見る角度によって色を変える宝石のような、凄く魅力的な女の子だと思った。

「夏樹なら、いいかな。うん、何故だかそんな気がするよ」

そう言って立華さんは笑った。憑き物が落ちたような、気持ちのいい笑顔だった。

七章　『王子様』とお出かけ

朝、目を覚まして。

真っ先にやったのは自分の心を覗くことだった。もしかしたら勘違いかもしれない。錯覚かもしれない。一時の感情が高波のように押し寄せただけかもしれない。だからボクは深く考えずに寝ることにしたんだ。一晩経てば、大抵のことはリセットされる。

で、どうだったかというと。

「………………好き、だね。やっぱり」

抱えていたものを全て曝け出して、最後に残ったのは純粋な恋心だけだった。目が覚めても全く変わらない。勘違いでも錯覚でも一時の感情でもない。

――立華一織は、山吹夏樹に恋をした。

いや、していたと言った方が正確かもしれない。この気持ちはずっとここにあったんだ。ただ、あえてネームプレートを空白にしていただけだ。いざ名前を付けてしまえば、これ以上ないくらいしっくりくる。

夏樹の彼女になりたい。そんな毎日を想像するだけで、幸せで頬が落ちてしまいそうになる。

自分の気持ちに正直に行動できたらどれだけ幸せだろうか。夏樹と手を繋いで、笑い合って、時には喧嘩もして。休日にはデートに出かけて。仕事中はいちゃいちゃすんなよ、なんて店長に怒られて。周りもそれを見て笑っている。

——そんな未来は、残念ながら想像の中にしかない。

裏切れるわけがないんだ。

ボクが夢を見せてきた雀桜生を。サイベリアに来てくれる皆を。

『雀桜の王子様』は彼氏なんて作らない。夢を見せたなら最後まで。これはボクが始めたことなんだから。

だから……せめて友達として。

友達として夏樹と遊びに行くくらい、許してくれないか。

◆

こうして俺は立華さんの隠れた一面を知った。

俺はこれからきっと、ゆっくりと長い時間をかけて立華さんのことをもっと知っていくんだろう。立華さんだって俺のことを知っていくはずだ。歩くような速さで、俺達の仲は進展していく。そんな予感があった。

——のだが。

『今日、暇かい？』

そんなメッセージで俺は目を覚ました。何が歩くような速さだ。立華さんは合図と同時にスタートダッシュを切るタイプだった。

そんなこんなで、俺は訳も分からないまま集合場所の紫鳳駅に向かっている。紫鳳駅はこの付近では最も栄えていて、買い物をするならまずここで降りるよねという駅だ。自宅の最寄り駅から三十分ほど電車に揺られ、目的地に辿り着く。

『南改札の前で待っているよ』というメッセージが入っていたのでそっちから出てみると、立華さんはすぐに見つかった。

……………というか、凄いことになっていた。

「え、あの人かっこいい……！」

「絶対モデルだよね⁉」

「ヤバいヤバい、どうしよ写真撮ってもらおうかな⁉」

「え、女の人……かな……？」

なんと立華さんを遠巻きに取り囲むように人だかりができていた。立華さんはその中心で壁に寄り掛かってスマホに視線を落としている。

特筆すべきはその服装で、立華さんはグレーのシャツに細身の黒パンツというパッと見では男にしか見えない格好をしていた。あれでは立華さんの王子様的魅力が抜群に際立ってしまう。

勿論身体のラインを見れば女性だと気づきはするものの、立華さんの圧倒的なオーラを前にして、そこまで冷静な分析ができる人間は少ない。周囲には女性ばかりが集まっていた。

立華さんが不意に顔を上げた。俺はちょうど立華さんの正面にいたので、思い切り目が合ってしまう。

立華さんは俺に気が付くと、嬉しそうに笑顔を作って手をあげた。周囲の女性たちが何事かと立華さんの視線の先を追い、結果的に俺が注目の的になってしまう。慣れていないので身体に緊張が走る。

「やあ夏樹。急に誘って悪かったね」

「う、うん。予定はなかったから大丈夫」

ああ……噂されている。周囲を取り囲む女性達が、俺達を見てひそひそ話をしているのが分かる。一体何を言われているんだろう。どんなイケメン、どんな美女と待ち合わせしているのかと思ったら芋臭い高校生が来た、とか言われてるのかなあ。

まあ事実だしなあ……立華さんの隣を歩くのは中々ハードルが高い。

「それは良かった。実はね、今日は服を買いに来たんだ。是非とも夏樹の意見が聞きたくてね」

「服？」

聞き返すと、立華さんが身体を寄せてくる。顔がどんどん近づいてきて、耳元でピタッと止まった。周りの女性達のサイレンみたいな叫び声が駅前に木霊する。

「……女の子らしい服をね。実は持っていないんだ」

「ああ、なるほど」

だから今日も男装で来ていたのか。

しかし、これは困った。まさかそんな用事だとは。

「……俺、女の子のファッションなんて全然分からないよ？　雀桜生に聞いた方がいいんじゃないかなあ」

男しかいない蒼鷹で日々汗を流している俺は、女子の間でどういうファッションが流行ってるのかなんて全く知らない。力になってあげたいのは山々だけど絶対に女の子の意見を聞くべきだ。立華さんにダサい格好をさせるわけにはいかないし。

俺の言葉を聞いて、立華さんがキョトンとした顔になる。そしてすぐにニヤッと笑みを浮かべた。

あ、なんか攻撃される予感。

「何を言ってるんだい？　夏樹にしか見せないんだから、夏樹の意見を聞ければ問題ないじゃないか」

「え、ええ……？」

俺にしか見せないってどういう……？

「そもそも、ボクのワンピース姿を見たい雀桜生なんて一人もいないさ」

当たり前のように立華さんは言う。聞いている俺の方が気まずさを感じるくらいだった。本人が気にしていないから俺も気にしないけどさ。

「そういうわけだ。今日はよろしく頼むよ」

立華さんがぽんと俺の肩を叩いて歩き出す。その軽い足取りに、俺は心に着ていた鎧がすっと剝がれ落ちていくのを感じた。もしかしてこれってデートなんじゃないかって勝手に緊張して身構えていたんだ。女の子と二人で出掛けるのなんて初めてだったから、そんな勘違いもしてしまう。

しかし、蓋を開けてみればなんてことはない。これは友達と遊びに来ただけだ。それならこっちも変に緊張せずに楽しめる。流石に相手が立華さんとなると完全にリラックスはできないけど、気持ちはかなり楽になった。

俺は小走りで立華さんの隣に並ぶ。いつも駅まで一緒に帰っている俺達だけど青空の下だとまた違う気持ちになった。空気が爽やかで、いい一日になる予感がする。

俺達は駅前にあるショッピングモールにやってきた。立華さんはどこに何があるかを把握しているようで、フロア内をすいすい進んでいく。どうやら目的の店が既に決まっているらしい。

俺は立華さんの横を歩きながら、そわそわと周りに視線をやり続けていた。気になって仕方なかったんだ。

………周りの人の視線が。

こうして傍にいると、立華さんが普段からどれだけの人に見られているのかを実感する。すれ違いざまに視線を送ってくるスーツ姿の女性、あからさまに歩くスピードを落とす女子高生二人組、驚いたように顔を二度見する若い男……挙げればキリがなかった。

あからさまじゃないからこちらは気付いていないと思っているんだろうけど、見られている側は結構分かるものなんだな。

「どうしたんだい夏樹？　さっきからきょろきょろして」

「いや、ちょっとね……」

俺が言いにくそうにしていると、立華さんが「ああ」と声を漏らした。

「すぐに気にならなくなるよ」

「そうかなあ……そうは思えないけど」

見られることへの耐性が俺と立華さんでは段違いだ。思ったよりずっとストレスがかかる。モブって幸せだったんだ。

「そんなことよりもね。夏樹、もっと気にしないといけない存在が目の前にいると思わないかい？」

立華さんはくるっと反転して俺と相対すると、そのままぐっと顔を近付けてきた。冗談みたいに整った顔面の暴力に襲われて心拍数が跳ね上がる。このまま唇を奪われるんじゃ――なんてありえない想像が現実になりかけたところで、ピタッと進軍が止まる。文字通り目と鼻の先に立華さんの顔があった。

「ほら、気にならなくなっただろう？」

立華さんにしかできないとんでもない荒療治。でも、確かにもう周りなんてなんにも気にならなくなっていた。立華さんという圧倒的存在の前では、他の人なんてモブに成り下がってしまう。

ああもう…………絶対顔が赤くなってる。立華さんといると色んな意味でメンタルがもたない。立華さんの新たな一面を昨日知ってしまったせいで、今までよりずっと近くに立華さんを感じてしまってる。それがどうにも良くなかった。

「顔が赤いね。もしかして照れているのかい？」

「し、仕方ないじゃん。可愛い女の子が急に顔を近付けてくるんだから」

「っ、…………なるほどね、そういう手で来るつもりか夏樹は」

立華さんがまた横並びに戻ってくる。顔が視界から消えたのが、今だけはありがたかった。

立華さんに連れられてきたのは、店名の読めないお洒落な女性服店だった。なんとなくフランス語っぽいけど自信はない。店頭にはポーズをキメたマネキンが飾られていて、いかにも夏らしい涼し気なワンピースを身に纏っている。

店内に入ると、パンツスタイルの細身な女性店員がこちらに歩いてくる。

「いらっしゃいませ――どういった服をお探しでしょうか?」

店員さんの言葉が一瞬途切れ、直後に視線が素早く立華さんの身体の上を走っていったのが分かった。立華さんを見てびっくりしただろうし、瞬間的に色んな思考が店員さんの頭の中を駆け巡ったのは想像に難くない。それでも瞬時に平静を取り戻したのは、接客業をやっている俺だから気付けたプロの技だった。

「ボクに似合う春服を探しているんです。彼に可愛いって思ってもらえるような」

聞いてるこっちが恥ずかしくなるようなことを立華さんは平然と言う。なんだか全身がふわふわしてむず痒い。心なしか店員さんの頬も赤い気がした。

「かしこまりましたっ。よろしければ色々試してみてください」

店員さんが歩き出す。周りはどう思っているのか分からないけど、立華さんは雀桜の制服だってとても似合っている。だから可愛い系の服も絶対似合うはずだ。実はサイベリアのメイド服を着てもらいたいと内心では思っているんだけど、これは本人には絶対言えない。「君のメイド服姿が見たい」だなんて流石に変態すぎる。

「こちらなどいかがでしょうか?」

店員さんが勧めてきたのは白いワンピースだった。女性のファッションに詳しくないのでどう表現したら分からないが、割とシンプルなデザインだと思う。よく見れば小さく花の刺繍が施されていて、大人な雰囲気もある気がした。

「夏樹はどう思う？」

立華さんが俺に意見を求めてくる。何も分からないので、正直に答えることにする。

「うーん……着てみないと分からないかも」

やはりサイベリアのスーツ姿や今のボーイッシュな服装のイメージが脳内に鎮座していて、白いワンピースと立華さんを頭の中で融合させることができなかった。

「なら試着してみようか。大丈夫ですか？」

「勿論です。ではこちらの試着室でお願い致します」

「行ってくるよ、夏樹」

立華さんが試着室に消えていき、少しの間、俺と店員さんが二人きりになる。

「…………」

店員さんが万感の想いがこもった視線を向けてきたので、俺はそっと首を縦に振った。「物凄くかっこいい人ですね」「はい、ほんとそうなんです」そんな会話が成立した気がする。

一分ほど衣擦れ音が響き――控えめに試着室のカーテンが開いた。

「…………やあ」

俺の目に飛び込んできたのは、恥ずかしそうにそっぽを向いたワンピース姿の立華さんだっ

た。てっきりいつもの自信満々な態度で出てくるものだと思っていた俺は、不意をつかれて言葉に詰まってしまう。

「…………」

立華さんは俺と目が合うと、身体を隠す様に両手を身体の前で組みながらぷいっと目を逸らしてしまう。その仕草が妙に女性らしくて顔が急に熱くなる。なんなんだこのギャップは。カーテンが閉まる前はイケメンだったのに開けたら美少女が現れた。このマジックには種も仕掛けもない。

「……流石に何か言ってもらえると嬉しいんだけどね」

立華さんがジトっとした目で不満を訴えてくる。そこで俺はまだなんの感想も言っていないことに気が付いた。

「あっ、ごめん、ちょっと見惚れてた……凄く可愛いと思う。本当に似合ってるよ」

混じりっけなしの本心だった。やっぱり立華さんは可愛い服が似合う。この心臓の高鳴りがその何よりの証拠だ。鼓動が聞こえていないか不安で仕方ない。

「そ、そうかい……まあ、ボクにかかればワンピースを着こなすくらい訳ないからね。当然そう言うだろうとは思っていたよ。では、もういいね？　着替えさせてもらうからね」

必死に心臓の鼓動と戦っている俺を尻目に、立華さんはいつもの調子を取り戻したようだった。少し声が上擦っている気はしたけど少なくとも口調はいつも通りだ。立華さんは逃げるようにカーテンの向こうに引っ込んでいくと、さっきの三倍ほどの時間をかけて試着室から出てきた。服と一緒に気分もリフレッシュしたのか、出てきた時には完全に普段通りの立華さんに戻っていた。

……もしかして、ワンピース姿が恥ずかしかったのかな。雀桜の制服を着ている時は普通だからスカートに慣れてないわけじゃないだろうけど。

「これ、貰おうかな。夏樹の評判もいいみたいだしね」

立華さんがワンピースを店員さんに渡して二人でレジに歩いていく。少し遅れて後ろをついていくと、二人の会話がうっすらと聞こえてきた。

「彼氏さんとデートですか？」

「いえ、友達です――残念ながら」

「わぁ……いいですねぇ、青春で」

はっきりとは聞こえないが、どうやら店員さんが俺のことを彼氏と勘違いしたみたいだった。立華さんが訂正しているのがはっきりと耳に入った。

そうだよな、今の俺達って普通に考えればカップルに見えるんだよな……立華さんの隣を歩く者として、俺もお洒落に気を遣うべきかもしれない。俺にしか見せないと言っていた立華さんがワンピースを買ったということは、また立華さんと出掛ける機会があるということだ。ワンピース姿の立華さんと。

ワンピースを買った立華さんは次に「ワンピースに合うミュールも必要だね」と呟いた。どうやら俺がサンダルだと思っていたものは、正確にはミュールと呼ぶらしい。

俺達は靴屋に移動し、立華さんは悩んだ末にベージュのミュールを購入した。頭の中でさっき買ったワンピースと合わせてみると……うん、合っている気がする。立華さんは服のセンスもいいんだな。それを直接伝えると、立華さんがとんでもないことを言い出した。

「――なら夏樹の服も選んであげようか？」

そんなわけで俺達は男性用の服屋に来ている。面白いことに立華さんはそのボーイッシュな服装も相まって、あくまで見かけ上はこの店が一番馴染んでいた。全く浮いていないし、店員さんに話しかけられることもない。今の俺達は、遠目には「一緒に服を買いに来た男友達」にしか見えていないだろう。

「夏樹は素材がいいからね、何を着ても似合うとは思うんだけど」

言いながら立華さんは足早に店内を物色していく。立華さんに「素材がいい」と言われても、冗談か何かにしか聞こえないのが悲しいところだ。お世辞を言うタイプではないから、本音で言ってくれてるんだと思うけど。

「うーん……ボクの好みで決めちゃってもいいかな？　これから私服姿を見る機会も増えるだろうし」

「増えるんだ」

「そりゃ勿論。夏樹だってボクのワンピース姿、見たいだろう？」

「そりゃ勿論」

「なら決まりだね。自分の服を選ぶ時より腕が鳴るよ」

立華さんがニヤッと笑みを浮かべる。立華さんがこの顔になるのは大抵俺を揶揄う時なんだけど、今回はどうなることやら。

「うーん……これも悪くないんだけど」

立華さんはシャツを手にとっては、俺の身体に合わせて「うーん」と唸る作業をもう五回は繰り返している。色々試してくれているけど、どれもしっくりこないみたいだ。俺に似合う服なんてないのか……とちょっと不安になる。

「立華さん、あんまり無理しなくていいからね？　俺、服にこだわりないしさ」

「今までのもちゃんと似合っているよ。ただ、もっといいのがあるんじゃないかと思うと中々決まらなくてね」

俺の不安を察知したのか、立華さんがそんなことを言う。

立華さんはいつになく真面目な表情だった。正直なところ、どうしてそこまで真剣になっているのか分からなかった。もっと軽い気持ちで選んでくれてもいいのに。

「これが夏樹への初プレゼントになるわけだからね。半端な物は贈りたくないんだ」

「初プレゼント？」

いつの間に奢られることになっていたんだ。俺が断ろうとしても、立華さんは「いつもサイベリアでお世話になっているお礼さ」と一歩も引いてくれなかった。

「どんなことでも『初めて』というのは記憶に残るものなんだ。大人になってから夏樹に笑われないように、しっかりした物を選ばないとね」

なんとも先の長い話だった。驚くべきことに、立華さんは大人になっても俺とつるんでいる想定をしているらしい。

俺もそうなればいいなと思っているけど、実際のところそれは難しいんじゃないかという気もする。少なくとも俺は高校卒業と共にサイベリアを辞めるつもりだし、きっと立華さんもそうだろう。なんなら受験勉強の為にもっと早く辞める可能性すらある。

そう考えると、立華さんや古林さんと面白おかしく働ける時間もあと一年ちょっとしかないのかもしれない。立華さんと出会ってもう一か月経ったことを考えると、一年という時間は驚くほど短い。あっという間にその瞬間は訪れてしまうだろう。

そのことを、凄く残念に思う自分がいた。

服屋を後にした俺達はショッピングモール内のハンバーガーショップにやってきていた。お昼時ということもあって店内は空席を見つけるのもやっとという状況で、スタッフが忙しそうに動き回っている。俺達はなんとか運よく空席を見つけ滑り込むことができた。

「夏樹は休日何をしているんだい？」

立華さんがポテトを口に咥えながら言う。このお店のポテトはサイベリアのように細くてサクサクしているタイプじゃなくて、太いホクホクタイプだった。こっちはこっちで美味しいんだよな。

「休日かあ……言われてみれば何してるんだろ。勉強して、なんとなく動画見たりゲームしたりしてたら終わってる感じかなあ」

言ってて悲しくなる。これならサイベリアで働いている方がまだ有意義だ。「高校生は青春しろ」という店長の気遣いを完全に無駄にしてしまっている。

会話が広がるような返答をできた自覚はなかったものの、立華さんは嬉しそうに口角を上げた。俺が無駄な休日を過ごしていると、どうして立華さんが喜ぶんだろう。予想通りだったのが嬉しかったのかな。

「立華さんは何やってるの？」

ハンバーガーを頰張りながら訊いてみる。ジューシーな肉汁が口の中一杯に広がって、咀嚼する前についニ口目をかぶりついてしまう。こりゃ美味しい。

「ボクも似たようなものさ。友達も夏樹しかいないしね」

特に残念そうな様子もなく立華さんが言う。冗談みたいだけど、多分本当なんだよなこれ。ファンは沢山いるのに友達はいない、というのが立華さんが置かれている状況なんだと思う。

「え、あの人超かっこよくない⁉」

「どうしよどうしよ、声掛けてみようかな私⁉」

不意に高い声が耳に飛び込んでくる。俺達が座っている二人掛けの席はちょうどレジに並ぶ列の傍にあり、並んでいる二人組の女性が立華さんをチラチラ見ながら小声で話し合っていた。だが小声といっても完全に本人の耳に届くボリュームだ。何せ俺達の距離は数歩と離れていないんだから。

「ボクのことだよね？　ありがとう」

てっきりスルーするのかと思っていたけど、立華さんは俺から視線を外して二人組の方へ顔を向けた。二人組が口元を手で隠してぴょんぴょんと小さく跳ねる。

「あっ、あっ、そうです……！　ごめんなさい勝手に騒いでしまって……！」

「構わないよ。君達みたいな可愛い子に噂されて悪い気はしないからね」

うわあ……凄いファンサービスするなあ。二人組が完全に撃沈してしまってる。他の客も立華さんのことが気になっていたのか、店内中が俺達のやり取りに聞き耳を立てているのが気配で伝わる。

「あ、あのっ……！　良かったらあっちの席で一緒に食べませんか……⁉　勿論お友達も一緒にっ」

　完全におまけ扱いだった。まあ仕方ない、立華さんと比べたら俺なんて通行人Aだし。悔しいという気持ちにすらならない。

　どうするんだろうと立華さんに視線をやると、目が合った。立華さんも俺を見ていた。何を思ったか、ポテトをつまんで俺に差し出してくる。

「ほら、あーん」

「⁉」

　驚きの声は三つ重なった。女性二人組と、勿論、俺だ。

　立華さん……一体何を⁉

「夏樹、早く食べないと冷めてしまうよ？」

　そう言って立華さんはポテトを俺の口元に押し付けるようにしてくる。ここまで来てはもう食べるしかないので覚悟して口を開けると、ポテトがするっと入り込んできた。味は全く分からない。塩振り忘れてないかこれ？

「そういうことだから遠慮させてもらうよ。今、大切な人と過ごしているんだ」

「はっ、はははははいっ！　失礼致しました！」

　立華さんがキメ顔で微笑みかけると、二人組は逃げるように店の外に走っていってしまった。

……………注文しなくて良かったのかなあ。

「美味しかったかい、夏樹？」

立華さんがニコニコしながら訊いてくる。

「ごめん、全然味が分からなかった。いきなりあんなことするんだもん」

俺がそう言うと、立華さんは小さく笑った。

「それもそうか。ならもう一度やってみよう」

ポテトが再び俺の口元に差し出される。この行為の意味を立華さんは分かっているのか。いや、分かっているはずがない。

だってこれはカップルがやるやつだからだ。さっき服屋で立華さん自身が否定していた、カップルが。

「ほら夏樹、あーん？」

「…………あーん」

俺が食べるまで立華さんは止めないだろう。仕方ないので目を瞑ってポテトにかぶりつく。

目を瞑ったのは恥ずかしくて顔から火が出そうだったからだ。

ゆっくりと時間をかけてポテトを飲み込んでから目を開けると、立華さんが満足そうな表情で俺を見つめていた。

「本当に可愛いね、夏樹は」

「言ってる意味が全然分からないよ……」

立華さんと一緒にいると、初めてのことばっかりだ。
だからだろうか――――こんなに胸がドキドキするのは。

「プリクラ?」

ハンバーガーも食べ終わろうという時のことだった。俺が包み紙をまとめていると、意外な言葉が立華さんの口から漏れた。

「知らないかい? ゲームセンター等にある機械で、色々な機能が付いているカメラのようなものなんだが」

「いや、プリクラ自体は知ってるけどさ」

なんなら中学生の時に友達と撮ったことがある。よく分からないまま操作してたら、加工で目が別人みたいに大きくなってめちゃくちゃ笑ったなあ。撮った写真どこにやったんだっけ。

「実は興味があってね。いい機会だし撮ってみたいと思ってるんだが……夏樹は大丈夫かい?」

「大丈夫だよ。久しぶりだなあプリクラ」

「む、夏樹は撮ったことあるのかい?」

立華さんの声がワントーン落ちる。

「中学生の時に一回だけね。そこまで仲いい友達じゃなかったんだけど、あれはなんで撮ったんだったかなあ」

「もしかして……それは女の子とだったり？」

「女の子もいたかな。俺の地元のゲーセン、男だけだとプリクラスペース入れないんだよね」

あれは一体なんでなんだろう。男だけでプリクラを撮ることなんてないから困りはしないけど、不思議ではある。

「……そうかそうか、初めてなのはボクだけか」

立華さんが拗ねるようにそっぽを向いてしまう。そんな子供っぽい仕草すら絵になるので、演技だと分かっていても俺は何か凄く悪いことをしてしまったような気持ちになった。慌ててフォローの言葉を考える。

「でも、二人で撮ったことはないからさ。それは立華さんが初めてだよ」

俺がそう言うと、立華さんはなんとか機嫌を直してくれた。俺はホッと一息つく。

「むう……それならまあいいか。そうと決まれば善は急げだ、早速撮ろうじゃないか」

立華さんがハンバーガーの包み紙をぐしゃっと丸めて立ち上がった。確かショッピングモール内にゲームコーナーがあったはずだから、そこにプリクラもあるだろう。

機械が発する女性の音声が、異様に高いテンションで5カウントを開始する。

「た、立華さん……？　なんか……近くない……？」

「そうかな。雀桜でクラスメイトに見せてもらったものはどれもくっついていたよ」

俺達はプリクラのカーテンで仕切られたスペースの中で、シャッターが切られるのを待っていた。立華さんはまるで俺のことを所有物だとアピールするかのように肩を組んで、カメラに向かってピースを向けている。

俺はというと立華さんにされるがままになっていて、特にこれといったポーズは取れていない。床に書いてある「盛れるライン」という線も完全に無視してしまっていた。せめてもの抵抗として、顔だけはしっかりと正面に向けることにする。

『ハイ、チーズ！』

パシャっとフラッシュが光り視界が白く染まる。今風でハイテクな装置なのに掛け声は「ハイ、チーズ」なんだ。そんなことがなんだか面白かった。

「よし、今のはいい感じに撮れた気がするよ」

立華さんが満足そうに頷いた。

……カーテンで仕切られているだけとはいえ、狭い空間に二人きり。立華さんの存在がいつもよりずっと近くに感じる。ドキドキしているのがバレなければいいけど。

「それなら良かった。俺はちょっと自信ないなあ」

「それなら今度は夏樹がしたいポーズに合わせようか」

立華さんはそう言ってくれたけど、特に何も思い浮かばない。

『そろそろ二枚目、いっくよー！』

悩んでいるうちにカウントダウンが始まってしまった。焦った俺は、とりあえずカメラに向かってピースサインを向けることにした。なんの捻りもないけど仕方ない。

目だけで立華さんを確認してみると、立華さんも同じように手元でピースを作っていた。いつもの立華さんらしくない控えめな仕草。なんとなく感じられる穏やかな雰囲気は、もしかして『王子様』じゃない素の立華さんだろうか。そんなことを考えていたら、いつの間にかシャッターが切られていた。

それから俺達はポーズを変えながら何枚か写真を撮り、隣のお絵描きスペースに移動した。カーテンから出ると立華さんはいつもの『王子様』に戻っていた。人前ではこっちでいるということだろう。

「やっぱりこの二枚がいいね」

立華さんが示したのは最初に撮った二枚だった。王子様の立華さんがぐいっと俺の肩を引き寄せている写真と、二人で控えめなピースを向けている写真。

こうして見比べてみると、見た目は同じなのにモードが切り替わっているのが分かる。表情や身体の使い方が微妙に違うんだよな。

立華さんは備え付けのタッチペンを手に取ると、何やら文字を書き込んでいく。

「……友達？」

青色のペンで大きく書き込まれたのは『友達？』という文字だった。立華さんはそのままペンの色をピンクに変えると、二枚目にも同じ文字を書き込んでいく。

……………どうして疑問形なんだろう。こうして二人で出掛けている以上、俺と立華さんは流石に友達ではあると思うんだけど。

「よし、こんなところかな。他の機能はよく分からないから使わないでおこう。盛りすぎて別人になってしまっても嫌だしね」

「そうだね。俺はともかく立華さんは盛る必要なんてないと思うし」

「謙遜しなくていい。夏樹もかっこいいよ」

立華さんが終了ボタンを押そうとして――その指が止まる。

「これだとちょっと遊びに欠ける気がするな。空きスペースにスタンプを押しておこうか」

そう言って、立華さんが適当に選んだような手つきで一ページ目にあったハートのスタンプを乗せる。よりにもよってそれか。抗議する間もなく、狙っていたかのように編集時間が終わってしまった。

「………………いつか、別の言葉が書き込めるといいね」

出てきたシートを眺めて立華さんが呟いた。

「別の言葉？」

俺の疑問に立華さんは答えず、妙に寂しそうな表情でプリクラに視線を落としている。

八章　『王子様』のひとりごと

「――六月はユニフォームを男女逆にしてみようと思う」

激動の五月が終わり六月になった。久しぶりに店にやってきた店長は、真面目な顔で信じられないことを宣言した。

「………は？」

「ぴ、ぴゃ～……？」

「ほう」

俺達の反応は様々だ。現実を受け入れられない俺、言葉の意味がまだ分かっていなそうな古林さん、そして全てを受け入れている立華さん。

「実はもうユニフォームも用意していてな。早速今日から導入するぞ」

店長は袋からメイド服を取り出すと、したり顔で俺に手渡してくる。

「え、いや、冗談ですよね？　俺がメイド服着るんですか⁉」

「だからさっきからそうだと言っているだろう。ほれ、りりむのスーツだ」

「わ、なんだかかっこいいです！　貰っていいんですか⁉」

古林さんが嬉しそうに跳びはねる。動きに合わせてメイド服のスカートの裾がひらひらと揺れ動いた。

………俺があれを着るっていうのか？

客前で？

「嘘だろ……？」

俺が現実に絶望していると、横では店長が立華さんにユニフォームを手渡している。そういえば立華さんはどうなるんだろう。

「メイド服か、一度着てみたいと思っていたんだ。これはちょうどいい機会かもしれないね」

予想通りというかなんというか、立華さんのユニフォームはメイド服だった。最初に逆を選んだせいで、ここにきて本来のユニフォームに戻った形だ。

「一織様のメイド服姿かあ………それはそれでアリかも……」

古林さんが頬に手を当てて想像の世界にトリップしている。メイド服姿の立華さんがいるということは隣にメイド服姿の俺もいるということなんだが、その事実にはまだ気付いていないらしい。気付いたら罵倒してくるはずだし。

「ボクは夏樹が一番楽しみだね。想像するだけで笑顔になるよ」

立華さんは面白がっているのを隠そうともしない嗜虐的な笑みを浮かべて、俺が抱えているメイド服に目を向ける。やめろ、そんな目で俺を見ないでくれ。

「パンチラのことなら心配しなくていいぞ。流石に食事中のお客様に男のパンツを見せるわけにもいかないからな。ちゃんとスパッツも用意してある」

「パンツじゃないから恥ずかしくないもん、というやつだね」

他人事のように立華さんが呟く。なんでそんな言葉を知っているんだ。

「ええ……本当に俺もやるんですか？　誰も得しないと思うんですけど」

「全社会議って決まったことだからな。残念ながらもう変更はできない」

「全社会議って店長が好き勝手喋るだけのやつじゃないですか……」

数店舗しかないサイベリアに全社も何もない気がするんだが。店長はどうしても俺にメイド服を着せたいようで、俺は半ば無理やり更衣室に押し込まれた。多分今なら裁判で勝てる気がする。

「ふふっ、着方が分からないなら着せてあげようか？」

渋々着替えていると、隣の更衣室から立華さんの笑い声が聞こえてくる。どうして俺ばっかり笑われないといけないんだ。俺も立華さんのメイド服姿や古林さんのスーツ姿を思いっきり笑ってやるからな。

と、思っていたのだが。

「――――可愛い」

立華さんのメイド服姿を見た俺はついぽろっと漏らしてしまった。本当は指を差して笑ってやるつもりだったのに、そんな考えは一瞬でどこかに吹き飛んでいた。

これがギャップ萌えというやつなのか、凛々しい立華さんと可愛いメイド服という組み合わせは驚くほど違和感がなかった。爽やかなショートカットの黒髪も、切れ長の瞳も、スカートの裾から覗く雪のように白い脚も、何もかもが完璧にマッチしている。

「……そ、そうか。ありがとう、夏樹も似合っているよ」

俺がつい全身を見回していると、立華さんが顔を赤く染めて口元を隠した。普段から普通に制服のスカートを履いているとはいえ、やはりメイド服ともなると少し恥ずかしいらしい。

あと、俺は絶対似合ってないと思う。

「わぁ、一織様可愛い！！　りりむ、変なスイッチ入っちゃいそうです……！　センパイは……うわっ」

古林さんが軽蔑するような目で俺を見てくる。人によってはご褒美なのかもしれないが俺は普通にショックだった。普段から俺に当たりが厳しい古林さんじゃなかったら心が折れているところだ。古林さんは俺から逃げるように更衣室に引っ込んでいく。

スーツ姿の古林さんが更衣室から出てくると、店長が満足そうに呟いた。

「……ふむ、やはり私の判断は間違っていなかったな。みんな似合っているよ」

「本当ですか、店長？」

すかさず俺がツッコむと、店長は露骨に目を逸らしてぷるぷると頷いた。涙が出るほど苦しいならこんなことやらなければいいのに。

「たまにはこういうのもいいですねえ。私はこっちの方が動きやすいですし」

「そうだね。新鮮な気持ちで働けそうだよ」

立華さんはもうメイド服に慣れてしまったようで、堂々とした態度で古林さんと談笑を始める。横目でチラッと立華さんを盗み見るとやっぱりめちゃくちゃ可愛くて、俺はすぐに視線を逸らした。

顔を上げると、店長が俺を見ていた。店長は俺にだけ分かるような微妙な笑みを浮かべて、意味ありげに頷く。

……………俺がメイド服を着る羽目になってしまったのは最悪だけど、これから一か月間、立華さんのメイド服を眺められるのは最高だ。確かにそれだけは認めなければならない。

そして――――サイベリアで立華さんのメイド服姿が見られる、そんな噂が蒼鷹・雀桜両校に流れるのに時間は掛からなかった。

「おい夏樹、サイベリアが面白いことになってるってホントか？」

ついにきた。

寝たふりをしている俺の頭上から降り注ぐ颯汰の声。遅かれ早かれバレるとは思っていたけど、まさか三日ももたないとは。

「昨日シラタキとルインしてて聞いたんだよ。夏樹、メイド服着てるんだって?」

メイド服、という言葉に反応して身体がピクッと震えてしまった。仕方なく身体を起こすと、颯汰が前の席に滑り込むように座った。

「本当なのか?」

「………冗談みたいだろ?」

俺が首を縦に振ると、颯汰が声をあげて笑う。

「前から思ってたけどあの店長ちょっとおかしいよな。ポテト盛りすぎだし」

「ちょっとじゃないいんだよね、それが」

クリスマスにいきなりサンタのコスプレ衣装を持ってきたり、バレンタインデーにあらゆる料理にチョコソースをかけてみたり、店長のやることは派手で予測ができない。一見するととんでもない人なんだが、何故かいつも不思議なくらい上手くいくんだよな。サンタ衣装もチョコハンバーグもアンケートでの評判が良く、今年も実施予定だ。

「シラタキが夏樹のメイド服可愛かったって言ってたぞ。雀桜でも話題になってるらしい」

颯汰はスマホを操作するとルインの画面を俺に向けてきた。会話の相手はネコミミの加工が施された女子高生の自撮りアイコンで、名前は「シラタキ」となっている。ちなみにまだ付き合っていないらしい。

「なになに……」

チャットを見てみると、確かにそのようなことが書いてある。興奮気味に語るシラタキさんに、颯太は可愛いうさぎのスタンプを交えて返事を返していた。なんだこの颯太には似合わないスタンプは。

「颯太、めっちゃ狙ってんじゃん。俺にはスタンプなんか使わないのに」

「うるせえ、いいんだよそんなことは。小学生の時に育てたプチトマトの如く、ゆっくりじっくり愛を育んでんだよ俺達は」

「まだ付き合ってないんだから愛は育んでないんじゃ？」

颯太はシラタキさんのことが好きなんだろうけど、果たして向こうはどうなんだろうか。個人的には上手くいってほしいと思っているけど、ルインでは立華さんの話題も頻繁に出ているし、あまり颯太への想いは感じられない。やり取りが続いている以上脈ナシということはないんだろうけど。

「つか、それを言ったらお前はどうなんだよ。立華さんとは上手くやってんのか？」

「いや俺と立華さんはそういう関係じゃないから」

即座に否定する――が、俺は完全に失念していた。

「………へえ」

俺のスマホの裏には今、立華さんと撮ったプリクラが貼ってあるってことを。あの日、立華さんによって無理やり貼られてしまったのだ。お互いのスマホにプリクラを貼って「これでお揃いだね」と満足そうに呟く立華さんに対し、俺は「そうだね」と冷静なふうを装っていたけど、内心ちょっと嬉しかったのは言うまでもない。

「その割には仲良くピースなんかしちゃってる気がするけどなあ？」

颯太は鬼の首を取ったように俺のスマホをひっつかむと、まじまじとプリクラを眺め出した。

バレないように気を付けていたのに完全に油断していた。これも全てメイド服のせいだ。

「いつの間にかこんな関係になってたなんてなあ……嬉しいよ俺は」

颯太は口の端を吊り上げる。血の団結で結ばれた二年一組から出た裏切り者を一体どうしてやろうか、という嗜虐的な思考で頭が一杯になっているようだった。大袈裟なと思うかもしれないが、今の蒼鷹において「彼女がいる」というのはそれほどの重罪だ。

「いや、あの、マジでそういうのじゃないからね？」

「じゃあこの『友達？』ってどういう意味だよ」

それは俺が訊きたいくらいだった。寂しげな表情の理由も。

「実は俺にもそれが分からないんだよ。俺は友達だと思ってるんだけど、向こうはそうじゃないのかな」

俺の言葉を聞いて、颯太は大袈裟に両手を広げて溜息をつく。

「分かってねえなあ夏樹……これはな、『本当は恋人って書きたい』ってことだろうが」

「…………は？」

斜め上の意見につい首を傾げてしまう。

「見てみろよこの立華さんの顔を。完全にお前のことが好きな顔だろうが。ハートマークだってついてるしよ」

「いや、流石にそれは……ハートマークは適当に選んだやつだし」

颯太も本気で言っているわけじゃないだろう。仲のいい女の子がいると知ると、すぐに「いけるって！」と煽り立てるのが男子高校生の悪いところだ。

「こりゃ確かめにいくしかないな。夏樹と立華さんのメイド服姿も見たいし」

「いいけど変なこと言わないでよ。本当にそういうのじゃないからさ」

「分かってるって。そもそも立華さんに話しかける勇気ないしな」

颯太は立ち上がると、教壇に立ってサイベリアに行く人を募り始めた。最初こそ皆の反応は微妙だったけど、俺のメイド服姿が見られると聞くや否や、目の色を変えて参加を表明し始める。

皆、そんなに俺のメイド服姿が見たいのか……？

「うぃーっす夏樹、来たぞ～…………ぶふっ、マジでメイド服着てるじゃん！」

やかましい集団がやってきた。案内の方に目を向けると、颯太や日浦を含むクラスメイト十人の集団が俺に向かって手を振っていた。日浦は部活どうしたんだよ。夏の大会前の大事な時期だろうが。

「本当に来たのかあいつら……」

五時過ぎにも関わらず店内は既に満席寸前。ついさっき学校終わりの雀桜生が大挙して押し寄せてきた関係で注文が殺到しているところだった。本当は俺が案内に行きたかったがそんな余裕はなく、それを察した立華さんが案内に歩いていく。颯爽とした足取りに合わせてメイド服の裾がふわっと揺れた。

「いらっしゃい。夏樹の友達だね？」

「あっ、そ、そうです！　俺達同じクラスで――」

俺が案内に来るものだと思っていたんだろう、まさかの立華さんの登場に颯汰達がピンと背筋を伸ばした。

「君と君は見覚えがあるよ。同い年だしそこまで緊張することないのに。確か騎馬戦で夏樹を支えていた子と、最後まで残っていた子かな？」

「覚えていてくださってたんですか⁉」

「あ、俺日浦っていいます！　夏樹とは無二の親友で――」

「あっ、おいそれ俺だろ！　俺は颯汰という者なんですけど、夏樹とは同じ病院で生まれた幼馴染で」

教室ではやれ「絶対いけるって」だの「結婚式には呼んでくれ」だの調子のいいことを言っていた颯汰や日浦だったが、いざ立華さんを目の前にすると借りてきた猫のようだった。メイド服を身に纏っていても立華さんの放つオーラは少しも変わらない。

「ふふ、皆元気がいいね。全員が座れる席はないんだが、離れても大丈夫かな？」

「あっ、もう全然！　なんなら床でも大丈夫です！」

やいのやいのと騒ぎながら颯汰達は席に案内されていった。近いうちに訪れるだろうサーブの嵐に備えて準備していると、案内を終えた立華さんが俺の元にやってくる。

「夏樹、そっちは大丈夫かい？」

「うん。それよりあいつら立華さんに変なこと言わなかった？」

しっかりと釘を刺しておいたけど、あいつらすぐに忘れるからな。あることないこと言ってないとも限らない。同じ病院で生まれたとか変な嘘ついてたし。

立華さんは少しだけ考える素振りをした後、意味深な表情を作った。

「……………どうだったかな。忘れてしまったよ」

そう言い残して、立華さんはデシャップに歩き去っていく。

……………いや、絶対何かあったやつじゃん。俺は急いで颯汰の元へ向かった。

「おっ、夏樹。そんな走ったらパンツ見えるんじゃないのか？」

「スパッツ履いてるから恥ずかしくない！　それよりお前ら立華さんに何か言ってないよ

な⁉」

颯太の軽口を一刀両断して言い放つと、場に緊張した空気が走った。きょろきょろと視線を動かして、お互いに助けを求めているように見える。何かがあったのは確実だった。

「……………俺、言ったよな？　絶対に立華さんに変なこと言うなって」

「い、いや違うんだよ……ほんのちょっと出来心でな……？」

「で、何言ったのさ？」

問題はそこだ。

こいつらは誰かに彼女ができそうになると「抜け駆けだ！」と断罪するくせに、日和ってる奴がいたら「告ったらいけるって！」と煽り立てたりする。何を考えているのかよく分からないし、だからこそ何を言うかも分かったもんじゃない。

「…………いやな？　俺達、立華さんのことは恋愛対象外だったたっつーか……正直かっこよすぎるっつーか……そんな感じだったじゃん」

「そういえばそんなこと言ってたね」

蒼鷹祭の時だったかに言っていた気がする。俺はその意見には全く賛同できなかったけど。

「でもさ、今日メイド服姿の立華さんを見たら…………あれ、めちゃくちゃ可愛いじゃん、みたいな？　ぶっちゃけキュンときちまってよ」

颯太の言葉に合わせて皆がうんうんと首を縦に振った。それで案内の時に緊張してたのか。

立華さんが予想外に可愛くてびっくりしてたんだな。

「あ、いや勘違いするなよ？　俺達は夏樹の恋路を邪魔するつもりはないからな？　ただ『メイド服姿可愛いですね』って、それだけ伝えたんだよ」

「そしたら？」

恋路うんぬんはツッコむのも億劫なのでスルーするとして、颯汰の話は思ったより平和だった。それだけなら普通の世間話だし、颯汰がこんなに焦る必要はない。

「ありがとうって言ってくれた。そんで――訊かれたんだよ」

「訊かれた？」

そこで、颯汰は周りとこそこそと何かを相談し始めた。しかしすぐに結論が出たのか、意を決したように顔を上げた。

「――夏樹は可愛いと思ってくれるかな、ってさ」

背筋に電撃が走った。どういう顔をすればいいか分からなかった。ただ反射的に頬が緩みそうになるのを感じて、奥歯にぎゅっと力を込めた。

「悪い、勝手に『夏樹も可愛いと思ってるはずです』って答えちまった。それ以外に答えようがなくてよ」

颯汰の言葉は全然耳に入ってこなかった。『立華さんはどうしてそんなことを訊いたんだろう』という一つの疑問が、ぐるぐると頭の中を乱飛行していた。

今まで「立華さんに最も近い男」として雀桜生から警戒されていた俺だったが、メイド服着用の効果はあらぬところにも現れていた。

「夏樹ちゃーん、ちょっと来てー?」

声のする方へ視線をやると、遠くの席の雀桜生グループが俺に向かって手を振っていた。あそこの席はもう食べ終わりだし多分大した用じゃないのはなんとなく分かったけど、呼ばれたら行かないわけにはいかない。

「お待たせ致しました。いかがなされましたか?」

——俺がメイド服を着るようになってから、雀桜生の中に俺を「夏樹ちゃん」と呼び女の子扱いしてくるグループが現れ始めた。彼女達によれば俺は「可愛い」らしい。

まさかそんなわけはないと思い古林さんに改めて感想を訊いてみたところ、それはそれは見事なえずきで感想を表現してくれた。「女子高生なんてなんでも可愛く見える年頃なんですよ」と妙に達観したことを言っていたのが印象的だった。『女装男子に好意的な私』が面白いんじゃないですかね、とも。

なんにせよ雀桜生からの態度が軟化したのはいいことだ。もし店長がこれを狙っていたんだとするなら、俺は店長に感謝しないといけない。まあそんなことはないだろうけど。

「えっとね……突然なんだけど、夏樹ちゃんってルインやってる?」

上目遣いにそう訊いてきたのは、黒髪ロングの髪が特徴的な雀桜生だった。サイベリアには何度も来てくれている子で、名前は知らないが顔は覚えている。いつも抹茶パフェを注文するので、その綺麗な黒髪も手伝って「和風な子だなあ」という印象を持っていた。

「ルインですか……？」

予想していなかった言葉が飛び出したので、俺は訊き返してしまう。完全に業務の話だと思っていた。水持ってこいとか、紙ナプキンがなくなったとか。

「うん。良かったら……私と交換しない？」

そう言って和風な彼女はスマホの画面を見せてくる。猫を飼っているのか、アイコンはいかにも日常を切り取りましたという雰囲気の猫の写真だった。俺が呆気に取られて動けないでいると、隣にいた子が助けるように口を挟んでくる。

「さーやはね、夏樹ちゃんのメイド服姿が好きなんだって！　ねー？」

この子はさーやという名前なのか。

さーやさんはうっとりとした様子で俺を見上げると、赤く染めた頬にゆっくりと片手を添えた。その妙に艶めかしい仕草に——俺は何故か背筋が寒くなった。

「う、うん……なんだかね、夏樹ちゃんを見ているとゾクゾクしてくるの……」

……ヤバい。

馬鹿でも分かる、この子は絶対に関わったらヤバい。いくら俺が愛に飢えた蒼鷹高校の男だとはいえ、見えている地雷に足を踏み入れるのは流石に訳が違う。女子にルインを訊かれるなんて滅多にないチャンスだけど、ここは嘘をつくほかない気がした。

「ごめんなさい。俺、そういうのやってないんです」

流石に嘘だと分かるだろうが、それでもいい。要は俺にその気がないことだけ伝わってくればいいんだ。

「……そっか。残念だけど仕方ないね」

さーやさんの悲しそうな様子に少しだけ罪悪感が湧いたけど、俺は間違ってないはずだ。多分この人は関わったらダメな人だから。

「ごめんね、お仕事の邪魔しちゃって」

「いえ、大丈夫です。また何かあったら呼んでくださいね」

一礼してテーブルを後にすると、案内の所から立華さんがこちらをじーっと見ていることに気が付く。一難去ってまた一難、という言葉が頭の中に浮かんだ。

「……随分仲が良さそうに話していたじゃないか」

人前では常に王子様キャラを崩さない立華さんには珍しく、少し不機嫌そうだった。じとーっと湿度の高い視線を俺に突き刺してくる。

「いや、実はルインを訊かれてさ」

「ルインを？　あの雀桜生にかい？」

立華さんが意外そうに目を見開く。そりゃそういう反応にもなるよなあ、今までそんなことなかったのにメイド服を着た途端に連絡先を訊かれるんだから。

「あんまり大きい声じゃ言えないんだけど、俺のメイド服姿が好きなんだって」

「それはまた珍しい子だね。それで夏樹はどうしたんだい？」

「断ったよ。何か危ない雰囲気だったし」

気持ちは嬉しかったけどね。ただ俺としてはやっぱり男としての俺を評価してほしいというかなんというか。いや、何を贅沢言ってるんだという話かもしれないけどさ。

「……そうか。断ったのか」

何故か立華さんはほっとしたような表情を浮かべていた。

「それに俺、ルインとかあんまり得意じゃないんだよね。連絡先を交換してもがっかりさせちゃいそうでさ」

何を話せばいいか分からなくて、イマイチ会話が続かないんだよな。相手の表情も分からないし。だらだらやり取りするのが苦手というか。

その点で言えばシラタキさんとずっとやり取りが続いている颯太は凄いと思う。

「そうだった。それについてはボクも夏樹に文句があるんだよ。夏樹、なんか返事がそっけないよね」

「……え？」

まさかの藪蛇。立華さんは俺のルインに不満があるらしかった。

「ボクは結構マメに連絡してるのに、夏樹からは全然連絡してくれないし」

立華さんが拗ねるように頬を膨らませる。メイド服も相まってめちゃくちゃ可愛かったけど、今日の立華さんはどうも様子がおかしい。

「それは……色々気にしちゃってさ。迷惑じゃないかなあとか」

「迷惑なら最初から連絡先を聞いたりしない。そう思わないかい？」

ぐうの音も出ない反論に俺は黙るしかなかった。理は立華さんにあったし、どちらが正しいかなんて抜きにしても、立華さんを悲しませてしまった自分を責めたくなる。

俺が何を言うべきか考えているとインカムからデシャップの呼び鈴が鳴り、俺達は同時に反応した。立華さんが手で俺を制して歩きだす。

「……今晩は期待していいんだよね、夏樹？」

振り向きざまに小声で囁く立華さんに、俺は首を縦に振ることしかできなかった。

◆

「……送れったってなあ」

お風呂は入った。宿題もした。普段はやらない部屋の片付けすら終わってしまった。もう何にも逃げられなくなった俺はついに観念してスマホを手に取った。時刻は午前零時、もうすぐ寝る時間だった。

「…………俺と立華さんって普段何話してるんだっけ」

ルインの履歴を遡ってみると、日常の何気ない出来事やサイベリアのことなど他愛もない話題が続いている。そしてそのどれもが立華さん主体で行われていた。こうして改めて見てみると、こりゃ文句の一つも言いたくなるわと思ってしまう。あまりにも俺の返事が淡泊過ぎた。

いや、別に立華さんに興味がないというわけじゃないんだ。寧ろその逆でもっと仲良くなりたいと思っている。だからこそ慎重になってしまうというか、どうしても緊張してしまうんだ。今となっては言い訳でしかないが。

『こんにちは』

五分ほど書いては消してを繰り返して、結局そんな始まり。でも直前まで送るつもりだった『やっほー！　起きてる⁉』よりはマシだと思う。あまりにも俺のキャラからかけ離れているし、深夜に相手するにはウザいテンションだ。

『やあ』

もしかして待ってくれていたんだろうか、すぐに返事がくる。普段からルインしているのに返事が来るだけで何故かドキッとした。自分から送るだけでこんな気持ちになるものなのか。

『こんにちはというよりこんばんはだね』

続けてメッセージがくる。確かに「こんばんは」にすべきだったかもしれない。そんなことにすら気が付かないほど緊張していた。

『そうかも。なんか緊張してる』

『普段からやり取りしてるじゃないか』

『そうなんだけど、俺から送るのは初めてだから』

心が妙にむず痒い。画面をタッチする手がピリピリする。血液が指先に集まっているような感覚。

『少しはボクの気持ちが分かったかい？』

『いや立華さんは緊張とかしないタイプでしょ』

『分からないよ？　意外とドキドキしながら送っているかもね？』

そういう人は自分からドキドキしてるとは言わない気がしたけど、あえて指摘はしない。それより次の話題を探さないといけなかった。

俺が話題を考えていると――画面が急に切り替わる。なんと立華さんから電話がかかってきていた。心の準備ができないまま、焦って通話ボタンを押してしまう。

「…………もしもし？」

「やあ夏樹。電話するのは初めてだね」

不思議な感覚だった。聞きなれたいつもの声なのに自分の部屋で聞いているというだけで、途端に特別感が増してくる。

「うん。どうしたの？」

「どうしたということはないんだけどね。強いて言うなら夏樹の声が聞きたかったんだ」

「…………それはまた唐突だね」

ここで「俺も立華さんの声が聞きたかった」なんてお洒落に返せたらいいんだけど、勿論そんな勇気はない。こういうセリフは立華さんだから似合っているんであって、俺が言っても寒いだけなのは分かっている。

「夏樹は今何をしているんだい？」

「何もしてないよ。ベッドに寝っ転がってる」

「ボクと同じだね。あとはもう寝るだけというところかな」

「そんな感じ。今日も大変だったからすぐ寝ちゃいそうだよ」

「そうか。最近の忙しさはやはり店長のユニフォームチェンジが功を奏しているんだろうね」

「ね。今日来た俺の友達も立華さんのこと可愛いって言ってたよ」

「それは嬉しいね。可愛いだなんて言われ慣れてないから、新鮮な気分だよ」

スピーカーの向こうで立華さんが小さく笑った。それがなんだか自嘲のように聞こえて、俺は咄嗟に口走ってしまう。

「俺はずっと立華さんは可愛いって思ってたよ」

言った瞬間、やってしまったと気が付いた。

なんてことを言ってしまったんだ俺は。まさかこんな歯の浮くような台詞を言ってしまうなんて。電話だからいまいち感覚が摑めない。

「ありがとう。優しいね、夏樹は」

「嘘じゃないからね。立華さんは可愛いよ」

なのに口は畳み掛けてしまう。立華さんが俺に乗り移っているみたいだった。

「ふふっ、夏樹はボクをどうしたいんだい？」

「ごめん、変なこと言ったよね」

「いや、凄く嬉しいよ。夏樹に可愛いって言われるのが一番嬉しいから」

「…………そっか」

斜め上からのカウンターパンチに頭がクラクラした。しれっとこんな台詞が言えるなんて、やっぱり立華さんは役者が違う。

それから俺達はヤマもオチもない雑談に花を咲かせた。三十分ほど話したところで、俺の眠気は限界に達しようとしていた。立華さんの声がどうにも心地良くて意識が落ちていく。

「――夏樹？　聞こえているかい？」

「夏樹？　……寝てしまったかな、これは」

「夏樹、本当に寝ているよね？」

「…………」

「さっきは可愛いって言ってくれてありがとう。本当に嬉しかった」

「――大好きだよ、夏樹」

◆

『――大好きだよ、夏樹』

……………

……

目を覚ますと朝になっていた。どうやらスマホを握ったまま寝落ちしてしまったらしい。まだいつも起きる時間より前だったから一安心したところで、心臓が短距離走の後みたいにドキドキしていることに気が付いた。

「……凄い夢見たな」

寝ぼけた頭で考えるのは今まで見ていた夢のことだ。詳しいシチュエーションはもう思い出せないけど、俺と立華さんが二人きりで話していた気がする。それだけならまだいいのだが、俺の深層心理は立華さんにとんでもないことをさせていた。

『――大好きだよ、夏樹』

未だに頭の中で反響しているそのセリフは、俺を夢から覚ますには十分すぎる破壊力を持っていて。考えなければいけないのは、一体どうしてそんな夢を見てしまったのかということだった。

立華さんが近くにいると胸がドキドキする。つい目で追ってしまう。でも、それって別に俺だけじゃない。サイベリアに来ている雀桜生のほぼ全員が同じ気持ちのはずだ。この気持ちは『憧れ』なんだと思ってた。

……………でも、少しずつそうじゃないと気付いていった。

初めて二人で帰った夜。サイベリアでお茶をしたあの日。蒼鷹祭の笑顔。『王子様』じゃない立華さん。つい目を奪われたワンピース姿。二人で撮ったプリクラ。ずっと見たかったメイド服。昨日の電話、そして今日の夢。

「立華さんのこと…………好き、なんだよな」

立華さんの存在が俺の中でどんどん大きくなっていく。もう「好き」という言葉以外で、この気持ちを説明できない。そういうところまで来ていた。

「困ったな………まともに立華さんの顔を見られる気がしない」

自覚してしまうと、もうダメだった。この気持ちは「憧れ」なんかじゃなかったんだ。俺は一人の男として、立華一織という女の子が好きだ。勘の鋭い立華さん相手にこの気持ちを隠すのは大変だけど、なんとかバレないように頑張らないと。

この気持ちはきっと……色々なものを壊してしまうから。

◆

「夏樹、なんだか様子がおかしいね？」

バレた。

それはもう速攻でバレた。まだ朝礼が終わって五分と経っていなかった。

「そ、そうかな……？」

俺は手洗いに集中することで難を逃れる作戦中だ。集中しているから隣に立華さんが来ても全然緊張したりはしない。あれ、今どこまで洗ったっけ？

「絶対おかしいよ。全然目が合わないもの」

「それは手洗いに集中しないといけないからだね」

もういいや、分からないから最初からやり直そう。手洗いなんてどれだけやってもいいからね。外食産業に携わる者として衛生面には細心の注意を払っていきたいと思ってるんだ。

『――大好きだよ、夏樹』

やめろ。

今だけはやめてくれ。

どうして考えちゃダメだと思えば思うほど、脳みそは考えてしまうんだ。人体の欠陥としか思えない。おかげで心臓がオーバーヒートしそうだった。鼓動が立華さんに聞こえていないか不安で仕方がない。

「それにしては顔が赤いけど？」

「……………メイド服着てるからかな。まだ恥ずかしさが抜けなくてさ」

我ながらいい言い訳だろう。普通に考えて、メイド服を着て人前に出るのなんか恥ずかしいに決まっている。恥ずかしくない俺がどうかしてるだけで。

「なるほどね。そういうことにしておこう」

立華さんが一足先に手洗いを終えホールに歩いていく。全身から力が抜け、汗が噴き出した。

……………どんだけ緊張してたんだ俺は。

もう今日は全然ダメだった。

立華さんが視界に入るだけで動悸・息切れ・眩暈・その他様々な異変が襲い掛かり、まるで身体が自分のものじゃないみたいだった。身体に染み付いた経験がなんとか俺を動かして業務を終えることはできたものの、新人の古林さんにまで「今日のセンパイ、つかえないですね」とジト目を向けられる始末。間違いなく皆に迷惑をかけてしまった。

退勤時間になった俺は古林さんと一緒にバックヤードに戻った。立華さんはレジの処理を終えてからあがるらしい。少しの時間のズレが今日だけは嬉しかった。

「ふい〜、疲れましたねぇ」

古林さんが気の抜けた声を出す。

「センパイ、どうしちゃったんですか？　私、仕事中のセンパイだけは尊敬してたのに今日はへなちょこじゃないですか」

「ごめん……ちょっと調子が出なくてさ」

スーツ姿の古林さんが「本当に仕方ないですねぇ」と呟きながら退勤ボタンを押す。その小さな背中が妙に大きく見えた。

「一織様にまで迷惑掛けないでくださいよ？　別に私にならいくら迷惑を掛けてもいいですけど」

古林さんは本当に頼もしくなった。勿論まだミスもあるけど、それ以上にやる気とガッツでサイベリアを助けてくれている。まさかこんなに早く古林さんに助けられる日が来るなんて思わなかったな。

「いや、古林さんに迷惑を掛けるわけにもいかないよ。できるだけ早く復活するからさ」

「それならいいですけど」

そう言うと古林さんはささっと更衣室に引っ込んでいき、少ししてシュルシュル……と衣擦れ音が聞こえてきた。古林さんはメイド服姿の立華さん目当てにやってきた蒼鷹生達からコアな人気を獲得しているようで、最近よく声をかけられているのを目にする。可愛らしい女の子の男装姿が蒼鷹生の歪んだ性癖にぶっ刺さっているのかもしれない。

俺は隣の更衣室に入り、速やかにメイド服から制服に着替えた。今日は立華さんと顔を合わせたくない気分だった。申し訳ないけどこのまま帰ってしまおう。

先に隣の更衣室が開き、古林さんが帰っていく。一人になったバックヤードには静寂が訪れた。今はその静寂がなんとも心地いい。立華さんという太陽がいない世界には、代わりに月が輝いている。今の俺に太陽は少し眩しすぎるんだ。

◆

「センパイ、今日は一緒に帰りましょうよ」

外に出ると、帰ったはずの古林さんが自転車に跨って俺を待っていた。バチバチと明滅する街灯に照らされた古林さんは勤務中と違い普通に制服のスカートを履いていて、ペダルに乗せた片足が高い位置で曲がっているせいでスカートの中が見えそうになっていた。慌てて視界を上方に修正する。

「古林さん、一体どうしたの？」

平静を装っているものの、実は結構びっくりしていた。今まで古林さんと一緒に帰ったことはないし、一人でさっさと帰ってしまう印象があったからだ。

「どうかしたのはセンパイの方じゃないですか。私で良ければ話を聞いてあげるって言ってるんです」

古林さんはひょいっとサドルから降りて自転車を押す体勢になると、俺の元までやってきた。制服姿の古林さんは何故かスーツ姿より一回り小さく感じる。仕事中は頼もしくなったけど、今の印象はやっぱり小動物だ。

「ありがとう。でも別に何かあったわけじゃなくてさ」

「はいはい、そういうのいいですから。ほら、行きますよセンパイ」

俺の誤魔化しは一瞬で蹴散らされた。古林さんが自転車を押すカラカラという音が夜空に溶けていく。俺は慌てて古林さんの背中を追った。

「初めてですね、センパイと帰るの」

そういえば、という風に古林さんが言う。一応高校生の男女が二人きりで帰っているというシチュエーションではあるけど、古林さんは全然緊張してなさそうだった。まあ古林さんは立華さんに心酔しているし当然といえば当然か。俺なんか全く意識してないだろう。

「そうだね。古林さんって家はこの辺りなの？　自転車だけど」

雀桜高校は駅から遠い場所にあるから、電車通学の人は駅からバスを使いがちだ。自転車を使う人はこの辺りに住んでいるか、駅から自転車を漕ぐガッツがあるかのどちらかだ。

「私は電車通です。鍛えようと思って雀桜まではチャリ通してるんですよ」

「あ、そうなんだ。大変じゃない?」

「大変ですけど、もう慣れました。それにチャリ通にもいいところがあるんですよ? 遊びでこっちに来た時に使えたりしますし」

「確かにそれは便利そうだね。俺にはあんまり関係なさそうだけど」

「え、なんでですか。もしかして友達いないんですか?」

うわあ、という表情で俺を見る古林さん。

「そういうわけじゃないけどさ。ほら、平日はほぼ毎日サイベリアで働いてるから。休日に遊ぶ元気がないというか」

今度は古林さんが閉口する番だった。

「言われてみれば私も最近遊んでないです……もしかしてアルバイトって青春を犠牲にしてるのかな……」

「俺はそうは思わないなあ。サイベリアで働くのは面白いし、立華さんや古林さんにも会えたしね」

サイベリアで働かなければこうやって同年代の女の子と一緒に帰ることもなかった。そう考えたら青春を犠牲にしているとは思えないんだよな。少なくとも近頃の俺は高校生活で一番青春しているはずだ。

「それはそうですけど。私もセンパイと知り合えたのは良かったと思ってますし」

「あ、そうなんだ。てっきり嫌われてるのかと思ってた」

「嫌いな人と一緒に帰ったりしないですよ。気が付かなかったんですか？」

「それは……そうかもしれない」

でも俺が立華さんと話してると思いっきり睨んでくるしなあ……嫌いじゃない人相手にあの目つきはできないと思うんだけど。

「まあセンパイは鈍そうですからね、許してあげます。ところで本題に戻るんですけど――センパイ、何があったんですか？」

古林さんが切り込んできた。俺のことを嫌っていないというのが本当だとするならば、きっと古林さんなりに俺を心配してくれているんだろう。

そんな古林さん相手に嘘を吐くことは、俺にはできなかった。

「……実は立華さんとちょっと色々あってさ」

「具体的には？」

「ちょっとそれは言えない。喧嘩したとかじゃないのは言えるんだけど」

立華さんが夢に出てきて、好きだってことを自覚しちゃって、恥ずかしくて目が合わせられなくなった――そう伝えたら古林さんはどういう反応をするんだろう。「馬鹿ですか、センパイ」そんな言葉が飛んできそうな気がする。でもこっちも真剣だった。

「ギスギスしてるわけじゃないんですよね？」

「うん。多分向こうはなんとも思ってないと思う。俺が勝手に気にしてるだけで」

古林さんのママチャリはどこか壊れているのか、タイヤが回転する度にキィキィと耳に響く音を立てる。それが暗い夜道に悪い意味でマッチしていて軽くホラーだった。古林さんは平気なんだろうか。

「確かに一織様は普通でしたもんね」

古林さんは小さくそう零すと「んー」と考え込む素振りをした。片手で器用に自転車を支えて、もう片手を顎に当てている。

俺は手持ち無沙汰になって古林さんのママチャリに視線を落とした。擦れるような音の正体を知りたかったんだ。その結果分かったのは、古林さんは、サドルをめちゃくちゃ上げているということだけだった。

これ、足着くんだろうか。サドルの位置が腰より遥かに高い気がするんだけど。

「――――もしかして」

言葉とは裏腹に、以前から用意していたような口調で古林さんは言った。俺はママチャリから目を切って古林さんに視線を向ける。

「センパイって…………一織様のこと、好きなんですか？」

「ぶっ――!?」

俺は噴き出してしまう。

「そっ、そんなわけ――――ないじゃないか！――――」

そう続くはずだった俺の口はそこで止まってしまった。そんなわけあるからだ。自覚してしまった今、その気持ちを嘘でも否定したくなかった。

「別に恥ずかしがることないですよ？　私だって一織様が好きだって公言してるじゃないですか」

それはちょっとズルい物言いじゃないか。雀桜生が「一織様が好き」と言うのと、蒼鷹生の俺が「立華さんが好き」と言うのでは、大分意味合いが変わってくる気がする。

まあ、言うんだけどさ。

「…………実は、ちょっと気になってるんだ。それで恥ずかしくなっちゃってさ」

どうして俺は出会って一か月の後輩に心の内を赤裸々に打ち明けているんだろう。唯一の救いは、古林さんが茶化さないで真剣に聞いてくれていることだった。俺はまだ古林さんのことをそこまで深く知っているわけではないけど、間違いなくいい子なんだろうな。一緒に働いていてもそれは感じていた。

「なるほどですねえ。センパイも一織様の沼にハマりましたか」

そう言って、古林さんはニヤッといたずらな笑みを俺に向けた。

「なんか嬉しそうだね。こんなことを他の雀桜生に言ったら襲われそうなのに」

立華さんの近くにいる男、というだけで目の敵にされているんだ。恋心まで持っていると知れたら、危険分子と判断されて何をされるか分からない。

「私も最初は同じ気持ちでしたけどね。今はセンパイならいいかって思ってるんですよ」

それは信頼してくれてるということだろうか。それとも、俺と立華さんならどうにもならないだろうってことだろうか。どっちもありそうな気はする。

「安心してよ。立華さんと付き合いたいとか、そういうんじゃないからさ」

「そんなこと言って、一織様のメイド服姿をいやらしい目で見てるんじゃないですか？」

「見てるけど。でもいやらしい目じゃないよ。先輩として動きを把握してるだけだから」

「うわ――、なんですかそれ。変態さんじゃないですか！」

「変態じゃないからね。ちなみに古林さんのことも見てる」

「ひえええええ⁉　まさかセンパイがそんな変態さんだったなんて……」

古林さんはわざわざママチャリのスタンドを下げ、その場に止めてまで、両手で身体を抱き締めるジェスチャーをしてきた。でも本気で怖がっているわけじゃないのは見れば分かった。

「みんなの動きを見てないとフォローできないでしょ？　教育係としてはいつになっても心配なんだよ」

「確かにセンパイには沢山助けられてますけどね。そこはありがとうございます」

律儀に頭を下げてくる。

「あ、でも今日は私がセンパイを助けましたよ！　見るに堪えないポンコツ具合でしたからね」

にしし、と笑いながら古林さんがママチャリを発進させる。キィキィ、カラカラと愉快な音が夜空に響いた。

「今日は本当に助かったよ。何かお礼ができたらいいんだけど」

「別にいらないです。いつもお世話になってるので、そのお返しと思っていただければ。強いて言うなら早く復活してくれるのが一番のお返しですかね」

言って、古林さんはひょいとママチャリに跨った。やっぱり足が地面に着いていない。見ているこっちが不安になってくるな。

「原因も分かったので私は帰ります」

「うん。ありがとね古林さん」

「いえいえ。ではまた明日です」

軽快なペダル捌きで古林さんが去っていく。さっきまで鳴っていたキィキィという音は、不思議としばらく走り始めたら鳴らなくなっていた。古林さんの背中はすぐに見えなくなる。

「なんか話したらすっきりしたな」

特に何かを掴んだわけじゃなかったけど大分気持ちが楽になった気がする。そのお陰か知らないが、さっきまで考えもしなかったことが頭に思い浮かんだ。

「………立華さん、待ってみようかな」

「先に帰ってしまうなんて酷いじゃないか。か弱い乙女を一人で夜道に放り出しても平気な男だったんだな夏樹は………」

サイベリアから駅へと続く大通りは一つしかない。隅っこの方で待っていると、十分もしないうちに立華さんはやってきた。考え事をしているのか、ぶつぶつ何かを呟いている。

「ああもう本当にショックだ……今夜は何もできそうにない。まあ顔を合わせるのも恥ずかしくはあるけども……」

立華さんは珍しく背中を丸めてとぼとぼと歩いていた。道の端に立っている俺に気が付かず目の前を素通りしていく。

「立華さん」

「うわっ!?」

暗がりから声を掛けると立華さんが跳び上がった。それが昨日動画サイトで見た『動くオモチャに驚く猫』に似ていてつい笑ってしまいそうになる。珍しい姿を見てしまったな。

「な、夏樹……？」

立華さんの目には小さく涙が浮かんでいた。思ったより驚かせてしまったらしい。罪悪感が心を湿らせていく。

「えっと……驚かせてごめん。やっぱり待ってようかなと思って」

立華さんは手の甲で乱暴に目元を拭うと、丸まっていた背中をすっと伸ばした。それだけでいつもの立華さんが帰ってくる。

「一体どういう風の吹き回しだい？　ボクを驚かせて反応を楽しみたかったのなら、それは大成功だと言っておくよ」

少し棘のある言葉が俺の身体に突き刺さる。立華さんは少し怒っているように見えた。目を合わせてもくれない。

「いや、そういうつもりは全くなくて。何も言わずに先に帰っちゃって申し訳なかったなって思って待ってたんだ」

「そうかい。ボクは全く気にしていなかったけれどね。夏樹がいなかったことも今気が付いたくらいさ」

立華さんは頬を少し膨らませると、ちらと俺の方に視線を向けてきた。

「で、どうして先に帰るという判断になったのかを聞こうじゃないか」

「それは……古林さんに誘われたんだ」

俺は嘘をついた。流石に「立華さんを見るとドキドキして会話できそうになかったから」だなんて本当のことを言うわけにはいかなかった。

「なるほど、夏樹はボクではなくりりむを取ったということだね」

なんとも嫌な言い方だった。でも悪いのは俺なので反論する余地はない。俺は黙って目を伏せた。

「それで、りりむはどこにいったんだい？」

「さっき帰ったよ」

「それはおかしな話だね。一緒に帰ろうと誘われたんだろう？」

「そうなんだけど、何かちょっと話したかっただけみたい」

「ふぅん……随分愛されているじゃないか」

立華さんが歩き出す。俺は慌てて立華さんの横に並んだ。ちら、と横目で様子を確認すると、立華さんの頬はまだ膨らんでいた。こんな状況でこんなふうに思うのは空気が読めてないかもしれないけど、ハムスターみたいで少し可愛い。

「全然だよ。一緒に帰ったのも今日が初めてだし。それで言うなら立華さんの方が絶対愛されてると思う」

「果たしてそうだろうか。ボクはりりむに誘われたことなんてないけどね」

「きっと誘いづらいんじゃないかなあ。好きな人って逆に誘いづらかったりしない？」

会話のラリーがそこで途切れる。不思議に思い顔を上げると、立華さんは真剣な表情で前を向いていた。しばらく時間が経って、立華さんが呟く。

「それは——そうかもしれないね」

決して手に入らない物を眺めるような、どこか遠い表情をした立華さんを見て、俺は言葉が継げなくなる。

……これが立華さんの日常なんだ。誰かが悪いわけじゃない。皆が少しずつ遠慮をして、そこに孤独が生まれてしまう。

立華さんは何も言わないだろう。『雀桜の王子様』は孤独なんて気にしないから。だから誰も立華さんが独りぼっちだなんて気が付かない。こんな寂しい表情を、雀桜生の誰か一人にでも曝け出せる弱さを持っていたら、また違う未来があったはずなのに。

「……俺は誘うよ。明日も、明後日も、休みの日も。遠慮なんてしない。立華さんを一人になんてしないから」

俺はきっと立華さんの唯一の友達だから。立華さんが弱さを見せられるのは俺だけだから。

やっぱり……この関係は壊せない。

「……ふふ、やっぱり夏樹は優しいね」

「そうかな。友達を誘うのって普通じゃない？」

友達。

あえて言葉にすることで、俺は恋心を奥底にしまいこむ。俺がこうしている限り立華さんは孤独じゃなくなるんだ。

「そうだった。それが友達というものだったね」

立華さんは満足そうに頷いた。そして、思い出したように口を開く。

「…………一織」

「え？」

「ボクのこと、一織って呼んでよ。そういえばボクだけ夏樹を名前で呼んでるじゃないか」

不公平だ、と立華さんが不満そうに呟いた。何がどう不公平なのか全然分からない。

…………一織。

心の中で呟くだけで心臓が跳ねた。これは無理だ。全然無理。顔中の筋肉が暴走しそうだった。

「急に言われてもちょっと無理だよ。俺にも心の準備が」

「友達を呼び捨てにするのに心の準備なんていらないだろう。ほら、早く」

立華さんが道を塞ぐように相対してくる。期待の籠もった眼差しに負け、俺は頬を引き攣らせながら小さく呟いた。

「…………い、織……っ」

我慢できず俺は視線を逸らした。心臓が早鐘を打ち、顔がアホみたいに熱い。

「ふふ、これはいいね。今度から立華さんと呼ばれても返事をしないから。よろしく頼むよ、夏樹？」

立華さんの顔を見られなかった。でも、絶対に笑っているはずだ。それくらい立華さんの声は楽しそうだった。

たとえ呼び方が変わったとしても俺達の関係は変わらない。呼称はあくまで呼称でしかなく、関係性を表すものではないからだ。たとえ立華さんが今日から俺を「山吹さん」と呼び始めたとしても、それでいきなり疎遠になるわけではない。立華さんだってきっと同じ気持ちのはず。

「立華さん……？」

立華さんはバックヤードの椅子に座り、真剣な表情で今週の売上グラフを眺めている。集中しているのか、俺の呼びかけは耳に入っていないみたいだ。

「立華さん？」

「…………つーん」

前言撤回、バッチリ聞こえていた。立華さんはわざとらしく俺から顔を背ける。昨日去り際に放った一言は冗談じゃなかったのか。一晩経ったら冷静になってくれると思っていたのに。

「…………立華さん？」

「あーあ、何も聞こえない。何も聞こえないなあ」

呆れたような声がバックヤードに響く。更衣室の鏡で見た目をチェックしていた古林さんが何事かと顔を覗かせた。「何かやったんですか？」そんな疑いの目が俺に向けられていたので、慌てて首を横に振る。

……言うのか？

今ここで？

古林さんもいるのに？

それは物凄く高いハードルに感じた。でも、立華さんがこの先ずっとこの態度を取り続けるというのなら、遅かれ早かれ古林さんには絶対にバレてしまうだろう。ならもういっそ今楽になってしまった方が良いような気もした。何にせよ、日常的に立華さんのことを名前で呼ぶのは俺の気力がもたないと思うけど。

「……い、一織？」

「なんだい、夏樹？」

振り返った立華さんは凄くいい笑顔だった。視界の端では、古林さんが目玉が飛び出そうな勢いで俺達を見ていた。そうだよな、びっくりするよな。俺も同じ気持ちだよ。

「いや、なんでもないんだけどさ……本当に名前で呼ばなきゃダメかな……？」

「別に構わないけど、聞こえないかもしれないよ。立華って聞き取りにくいから」

「全然そんなことないと思うけど……」

立華さんの意思は固いようだった。これはもう腹をくくるしかないのか。呼ぶたびに俺の体力が減少していくけど我慢するしかない。

立華さんはくるっとパソコンに向き直り、マウスを操作する。何か見たいデータがあるのかと思ったけどそういうわけでもないようで、不規則に画面をスクロールさせているだけだった。いつの間にか古林さんがすぐ横に立っていて「説明を要求します」と書いてある視線で俺を突き刺してくる。俺に言われても。

「一織、ちょっといい？」

名前を呼ぶ度に、口がふわりと飛んでいきそうになる。流石に名前を呼ばないと仕事にならないので頑張っているけど、慣れるにはまだまだかかりそうだ。

「どうしたんだい？」

結局立華さんは今日一日ずっと上機嫌だった。もう九時を回ろうとしているのに元気溌剌としている。

「そろそろレジ点検しようと思って。一緒に見ていてほしいんだ」

「それくらいお安い御用だよ」

立華さんが隣にやってくる。それだけなら良かったんだが、何故かぴとっと身体をくっつけてきた。お互いメイド服姿なので二の腕が直に触れる。

「…………立華さん？」

「…………」

「……一織？」

「どうかしたかい？」

ニヤッと笑みを浮かべる立華さん。離れてくれるかと思ったら、逆に肩をぶつけてきた。

「離れてくれないと作業できないんだけど……」

「おっと、そうだったね。これは失礼した」

一歩離れてくれる。それはいいんだけど、流石に上機嫌すぎて怖い。今までの立華さんだったら勤務中にここまでくっついてくることはなかったのに、名前で呼ぶようになってから明らかに距離が近くなった。立華さんの思う「友達」ってこういう感じなんだろうか。

レジ作業を終えると、ちょうど古林さんもバッシングを終えたところだった。今日はお客様の引きが早いから八割方締め作業も終わっている。引き継ぎの大学生に感謝されながら、俺達はサイベリアを後にした。

「一織様、センパイ、また明日です」

「うん、また明日」

「気を付けて帰るんだよ、りりむ」

キィキィと軋んだ音を響かせて古林さんは自転車で走り去っていく。残されたのは勿論、俺と立華さんだ。できれば古林さんも傍にいてほしかった。

何故かというと。

「さて、二人きりになってしまったね」

待ってましたと言わんばかりに立華さんが口を開く。やっぱり今日の立華さんは様子がおかしい。本当は天を仰ぎたい気持ちだったけど、代わりに小さく溜息をついた。溜息をついても幸せは逃げない。

「二人きりというか……まあ、そうだね」

二人きり、という言葉にはもっと特別な意味が含まれている気がしたから何か言い返そうと思ったけど、適切な言葉は思い浮かばなかった。口を閉じてから「二人きりというより、二人組だ」と思いついたけど、時は既に遅い。

何はともあれ、これが立華さん流の友達付き合いなのだとしたら非常にマズい。だって俺は立華さんのことが好きなんだから。本当なら今すぐにでも自分の気持ちを打ち明けたいと思ってるんだから。

でも、それをしないのは、この関係を大切に思っているから。

フラれるのは怖くない。告白に勇気と失敗は付き物だ。俺が恐れているのは、立華さんがまた一人になってしまうこと。もし告白が失敗した時、また友達に戻れるかなんて誰にも分からない。

立華さんの為なら俺は、この気持ちを押し潰せる。でも、それは立華さんが普通にしてくれればの話だ。こうも距離が近いと、俺の我慢もいつか限界を迎えてしまうだろう。それだけは避けねばならない。

「なんか今日の一織、変じゃない？」

「変？　そうかな？」

「うん、いつもより距離が近い気がするというか」

「そりゃあ近いさ。友達なんだからね」

やはり、これが立華さんなりの友達付き合いなのか。元々他人との距離感が独特な人だ、友達になるとこうなってしまうのか。

「思えば、ボクにとって夏樹は初めての友達かもしれない。だからテンションが上がっているのかもね」

自虐している風ではなかった。寧ろ、その逆のような、跳ねるような声色だった。立華さんの支えに慣れていることが嬉しくて、だからこそ少し悲しくて、トータルすると自分でも自分の気持ちがよく分からない。

「……………ふふ、楽しいな」

立華さんが踊るようにスキップして、少し先で立ち止まる。

「ねえ夏樹――――ボク達、ずっと友達でいられるよね？」

星空の下、立華さんがくるっと振り向いた。薄ぼんやりとした月光に照らされて笑う立華さんは、どこか寂しそうに影を作っている。

九章　『王子様』の忘れられない日

私の名前は古林りりむ。絶好調な高校一年生です。アルバイト先は思ってたより忙しいけど先輩は夢見ていた高校生活は凄く充実してるし、楽しい毎日を送っています。

いい人ばかりだし、楽しい毎日を送っています。

ただ、そんな私にも一つだけ、悩みがありました。


「すまん！　来週の土日、高校生パワーでなんとかしてくれないか……？」

朝礼が始まると、店長が勢いよく頭を下げてきました。年齢不詳だけど凄く美人なこの店長は、口を開けばとんでもないことばかり言う人で、私達はいつも振り回されています。今やっている男女コスチューム交換キャンペーンも店長が思い付きで言い出したことで、私や一織様はいいけど、夏樹センパイがちょっと気持ち悪くなっちゃいました。もう見慣れましたけど。

「あ、大学生出れないんでしたっけ。学祭の準備とかで」

「夏樹は知っていたか。その通り、実はそろそろ紫鳳大の学祭でな。土日のメインパワーがいなくなってしまうんだよ。そこで高校生ズの力を借りたいと思っていてね、というか借りれないと死んでしまう。助けてくれ」

「とはいえ、ボク達は既に平日は毎日シフトに入っているだろう？　土日も出たら週七になってしまわないかい？」

「それは大丈夫だ。人は週七程度では死なないことは我が身で実験済みだからな。勿論、頑張ってくれた見返りはあるぞ？」

　そう言って店長がエプロンから何かを取り出しました。

「ここにあるのはな――エトワールの特別優待券だ！」

「え、エトワール⁉」

　びっくりして、思わず大きな声を出してしまいました。エトワールといえば、白鷲駅前にある超人気スイーツカフェ。予約は一年先までびっしり埋まっていて、空いたとしても即埋まり。何か特別な繋がりがないと予約すらできないと言われている幻のお店。勿論私は行ったことがありません。

「店長、よくそんな物を持っているね？」

　流石の一織様も驚いているようでした。明らかにさっきまでと顔つきが違います。

「エトワールって……なんだ？」

　夏樹センパイだけがボケっとしていました。この辺に住んでいてエトワールを知らないなんて、そんな人いるんですね。センパイらしいといえばセンパイらしいですけど。

「エトワールっていうのは白鷲駅前にあるスイーツのお店です。ほら、あの西口を出て左にある赤い建物分かりませんか？」

「あー、あのいつも満員のお店か。あそこってスイーツのお店だったんだ」

「凄い人気でね、一般人が予約を取るのは不可能と言われているんだよ。もし雀桜の誰かが行ったとなれば学校中が大騒ぎになるだろうね。女の子は基本的にスイーツが好きだから」

「私、いつか行ってみたいと夢見てたんです！　そのチケットがあれば入れるんですか⁉」

「お、やる気になったみたいだな？　いかにも。この券を出せばいつでも入れるだけでなく飲み食いもタダのはずだぞ。何せオーナー本人から貰ったものだからな」

「オーナー本人から⁉」

エトワールのオーナーといえば、パリで物凄い賞を取ったカリスマパティシエです。顔もかっこよくて、日本にお店を出してからはモデルとしても活躍している、まさに時の人。

「昔ちょっと世話してやったことがあってな。この前会った時に貰ったんだが、あいにくと私は甘い物が好きじゃない。アイツのケーキよりサイベリアのポテトの方が美味いと本気で思ってるくらいだ。だから遠慮なく使っていいぞ？」

そう言って、店長は私達の前にチケットを差し出しました。私は慌ててそれに飛びつきます。

やったやった！

「エトワールのケーキよりうちのポテトの方が美味しいと思っているのは、世界でも店長だけだろうね」

一織様も迷いなく受け取りました。残った一枚を、夏樹センパイは中々受け取りません。

「うーん、俺も甘い物ってそこまでなんですよね。どちらかといえば店長派かもしれません。土日出るのは構わないですけど、それは別の人にあげてください」

「ちょっ、絶対もったいないですよ！　センパイはエトワールの凄さを分かってないからそんなことが言えるんですっ」

私は慌てて店長からチケットをむしり取り、夏樹センパイに握らせました。後になって後悔するのは目に見えてますから。

「それならボク達三人で行こうじゃないか。週七お疲れ様会も兼ねてね」

「一織様とお出かけですか⁉　絶対行きます！　センパイもそれでいいですよね⁉」

「う、うん……そこまで言うなら……？」

夏樹センパイは困惑した様子で頷きました。ホント、ダメな先輩ですよね。

――好きな人とお出かけできるんだから、もっと喜ばないと。やったー、一織様とお出かけだー、ってアピールしないと。

はあ……どうして私が他人の恋なんて応援しなきゃいけないんだか。それも相手は私の大好きな一織様だっていうのに。敵に塩を送るってレベルじゃありません。

私って、一体何をやっているんでしょう。

「りりむ、エトワール楽しみだね」

「まさか行けるなんて思いませんでした。それにしても店長って何者なんですかね？　エトワールのオーナーと知り合いだなんて、きっと只者じゃないです」

「そうだね、あの人はちょっと底知れないな。悪い人ではないと思うけど」

「悪い人ではないかもしれないですけど、変な人なのは間違いないです。これだってそうですし」

　私は着ているスーツの裾を摘まむ。

「いいじゃないか。スーツ、似合っているよ」

「ありがとうございますっ！　一織様もメイド服とっても可愛いです！」

「ふふ、ありがとう。ボクとしてはそろそろスーツに戻りたいところだけどね」

「う～、確かにスーツ姿の一織様も捨てがたい……早く来月にならないですかねえ」

　可愛いメイド服もいいけど、やっぱり一織様はかっこいいスーツ姿が一番。夏樹センパイだってメイド服よりはまだスーツの方がマシってもんです。たまーにかっこよく見える瞬間がありますからね。たまーに。

「二人とも、何話してるの？」

　噂をすれば影。夏樹センパイがやってきました。もう二十一時を回っているのでお客様もまばらで、ホールにはまったりとした空気が流れています。

「夏樹のメイド服姿について話していたんだ。もうすぐ見納めだから名残惜しいとね」

「絶対嘘でしょ。俺のメイド姿なんて見ても嬉しいわけないし」

「どちらかというと気持ち悪い寄りですからね、センパイのメイド姿は」

「ボクは結構好きだよ？　ほら、ボクもメイド服でやるからさ。来月もこっちで頑張らないかい？」

そう言って一織様は夏樹センパイに視線をやりました。私と話す時とは違う、穏やかな雰囲気を纏って。夏樹センパイと話す時だけ一織様は少し表情が柔らかくなります。

そのことに、二人とも気が付いてないんでしょうけど。

「絶対嫌だ。それに一織はメイド服がデフォなんだし、交換条件になってないと思う」

この前はちょっと気になってるだけって言ってましたけど、夏樹センパイは間違いなく一織様のことが好きだと思います。とにかく顔に出過ぎです。ある日から急に一織様のことを下の名前で呼ぶようになりましたけど、未だにちょっと意識してますし。

「へえ、夏樹はボクのメイド姿が見れなくなっても構わないんだね。夏樹がどうしてもと言うなら、もう少し着てあげようと思っていたのに」

対する一織様ですけど…………一織様も夏樹センパイのことが好きなんだと思います。なんとなく雰囲気でそう思うんです。一織様の中で絶対に夏樹センパイは特別な存在のはず。一織様のことをずっと見ている私だからこそ、その確信があるんです。

「それを言われると辛いけど……流石にこれはなあ。正直慣れちゃってる自分もいるけど、冷静に考えると見るに堪えないと思うんだ」

つまり二人は両想い。それなのに、仲が進展している様子は全くありません。一織様のことが大好きな私としては、一織様に彼氏ができるのはとても悲しいですけど、同じくらい一織様に幸せになってほしいという想いもありまして。夏樹センパイならきっと大丈夫だ、と思うくらいには夏樹センパイを信頼しています。

「よく分かってるじゃないですか。私は嫌ですからね、来月もメイド姿のセンパイと仕事するの」

さっさとくっついてしまえ～と思っているわけです。両片想いのじれじれが面白いのはフィクションの世界だけで、現実に起こってしまうとそれはもうやきもきが止まりません。両想いなんだからさっさと付き合ってください、と今すぐ叫びたいくらいです。

……そんな中での週七宣言。それは私にとっては拷問に近い何かです。

黙って受けるつもりはありません。

古林りりむ、動きます。

◆

「センパイって、一織様のこと好きじゃないですか」

「ぶっ⁉」

悪魔の週七勤務が始まった月曜日。退勤前のレジの点検作業をしていると、古林さんがやってきてとんでもないことを言い出した。

「ちょっ、いきなり何を言い出すの！」

慌てて立華さんの居場所を確認する。近くにはいなかったので、ホッと一息ついた。

「こういう話はいつでもいきなりに聞こえるものですから。それで、センパイはいつ告白するんですか？」

「なかなか踏み込んでくるね……」

「だっていつになっても進展しないんですもん」

レジの点検が終わり顔を上げると、向こうの方で立華さんがテーブルの拭きあげ作業をやっていた。隣のテーブルの雀桜生に何かを話しかけられファンサを返している。雀桜生は嬉しそうに何度も頭を下げていた。

「……俺は立華さんに告白するつもりなんてないよ」

「どうしてですか？　もしかして、ビビッてるんですか？」

「違――いや、そうかもしれない」

言われて気が付いた。フラれるのが怖いのと、立華さんを孤独にしてしまうのが怖いのは、本質的には同じなんだと。

結局のところ、背負う覚悟がないんだ。立華さんを孤独にする加害者になるっていう覚悟が。

「ん～……センパイが何にビビってるのかは分からないですけど」

古林さんは顎に手を当てて、考え込むような素振りを見せる。

「まさかフラれるのが怖いなんて人でもないでしょうし。優しいセンパイのことですから、どうせ一織様に気を使ってるんだとは思いますけど」

図星だった。失礼な言い方かもしれないが、まさか古林さんにそんなところまで見抜かれているとは思わなかったので驚いた。

「………センパイ。私も恋愛のことなんて分かりませんけど、センパイのそれは優しさじゃないってことは分かります。それって結局、自分が傷付きたくないだけじゃないですか」

生意気言ってたらごめんなさい、と古林さんが頭を下げる。

「いや……その通りだと思う。俺は逃げてただけだったのかもしれない」

自分が悪者になることから、そして立華さんから、何より自分の気持ちから逃げていた。好きなのに告白しないなんて、どうしてそんな結論になるんだろう。

デシャップの呼び出しベルが鳴り、古林さんが歩き出す。

「――――私は」

古林さんは足を止めて、俺の方をちらっと振り返った。

「お似合いだと思いますよ、センパイと一織様。……………悔しいですけど」

古林さんには珍しい真剣な表情だった。遠ざかっていく古林さんの背中を眺めながら、頭の中ではずっと「お似合い」という言葉が反響していた。

「はーあ、早く来週になりませんかねえ」

回転式の椅子に座っているりりむが、遠心力を利用して椅子ごとくるくると回る。バックヤードにいるのはボクとりりむだけで夏樹はまだ来ていない。

週七勤務の中盤に差し掛かった木曜日。いつもならあと二日と気合を入れるところだけど、今週はまだまだ序盤という気分だった。平日が四時間勤務なのに対し、休日は八時間勤務なのを考えるとその感覚もあながち間違っていないのかもしれない。

「ふふ、エトワールが楽しみなのかい？」

「そりゃそうですよ！　あれからミーチューブでエトワールの動画沢山観ちゃいました」

「ボクも気になって観てしまったよ。今の時期は柿のタルトがオススメみたいだね」

「あれ美味しそうでしたよねっ！　見た目も凄く綺麗で早く実物を見てみたいです！」

りりむはテンションが上がったのか回転に勢いをつけて更に加速する。こんなに回って目を回さないのかな……と思ったのも束の間、りりむは呻き声をあげながら減速した。

「うっ……気持ち悪くなってきました……」

「大丈夫かい？」

勢いを失い停止したりりむの背中を擦ると、りりむはすぐに元気を取り戻してボクに笑顔を向けてきた。本当に可愛い後輩だね、りりむは。

「一織様のお陰で治りました！　一織様の手は魔法の手ですねっ」

そう言うと、りりむがボクの手を優しく包み込むように握ってくる。

まず、その手の小ささに驚いた。ボクより一回りは小さくて、まるで子供と手を繋いでいるような感覚だった。

「魔法の手なんかじゃないさ。ただ擦っただけだよ」

もしボクが夏樹と手を繋いだら、夏樹も同じように感じるのかな。可愛いと思ってもらえるのかな。許されるなら……本当は毎日触れたい。

ボク達は毎日駅まで一緒に帰っている。たった数十センチ手を伸ばすだけで夏樹の手はそこにあるんだ。白状するとこれまで何度も手を伸ばしかけたし、これからもギリギリになって手を引っ込めるんだろう。

何も気にせず夏樹と手を繋げる日はいつか来るのだろうか。揶揄っている風を装わず、素直な気持ちで繋げる日は。

「…………夏樹センパイのこと、考えてるんですか？」

「えっ？」

気が付けばりりむが真剣な表情でボクの顔を覗き込んでいた。

「何を言っているんだい？　確かにいつもより来るのが遅いみたいだけど、まだ――」

「一織様、センパイのこと好きですよね？」

「ど、どうしてそう思うんだい？」

心の奥まで見透かすようなりりむの視線に縫い留められ、『王子様』の鎧が音を立てて崩れ落ちていく。

「だって一織様、いつもセンパイを目で追ってます。センパイと話している時だけ頬が緩んでます。センパイのことが好きって顔に書いてありますよ」

「なっ――」

ボクは慌てて両手で顔を隠した。でもすぐにもう遅いと気が付いた。そんな状態で働いていたのかと思うと、恥ずかしくて顔から火が出そうだった。

「私以外にはバレてないと思うので安心してください。多分センパイも気付いてないですから」

それはそれで残念――いやいや、何を考えているんだボクは。それよりも今はりりむにバレていたという問題に対処するべきだろう。大きく息を吸って、心の荒波を無理やり落ち着かせる。

「りりむ、確かにボクは夏樹のことが気になっている。でも安心してほしい。夏樹とどうこうなるつもりはボクにはないからね」

言いながら、凄く悲しい気持ちになった。でも『雀桜の王子様』はボクが始めたことだ。その責務は全うしないといけない。皆の中の『雀桜の王子様』はきっと、蒼鷹の男の子とは付き合わない。

そう思い込んでいたから――りりむの態度は衝撃だった。

「え、なんでですか？」

りりむはまるで理解できないとばかりに眉を歪めて、怪しむような視線をボクに向けてきた。

「好きなのにそんなつもりはないって、そんなのおかしいです。まさか一織様……雀桜生に申し訳ないとか、そんなこと考えてるわけじゃないですよね？」

図星だった。しかしそれを伝えることは、雀桜生を気にして恋愛を諦めることそのものより罪深い気がして、ボクは言葉が継げなくなる。りりむはボクの態度で全てを察してしまったのか、山よりも大きな溜息をついた。

「一織様、失礼ながら言わせていただきます――私達、そんなに弱くありませんよ。そりゃ一織様が誰かと付き合っちゃったら辛いですけど、まあ人によっては一晩くらい泣き明かすかもしれないですけど……だからって一織様を恨んだりしません。それ以上のものを沢山、私達は一織様から貰ってるんですから」

そう言って、りりむは笑った。

辛いはずだ。自惚れているわけではないが、りりむはボクを慕ってくれていた。ボクが夏樹を好きだと気が付いた時は少なからずショックを受けたはずだ。それなのにりりむはボクの背中を押してくれている。

嬉しくて、そして情けなかった。ボクはりりむを、そして雀桜生を、自分でも気付かないうちに侮っていたんだ。こんなに立派な後輩のことを。

「私達のことは気にせず自分の気持ちに正直になってあげてください。それで文句を言ってくる雀桜生がいたら、私がぶっ飛ばしてやりますから」

りりむが小さい手を握りしめて、意外に鋭いパンチを放つ。しゅっしゅっ、と口ずさみながら架空の雀桜生をノックアウトしていく。

「あ、でも、もしセンパイと付き合っても私のことは今まで通り可愛がってくださいね！」

「……………当然だよ。りりむは誰より可愛い後輩だからね」

「にしし、やりました！　抜け駆け成功ですっ」

りりむが抱き着いてくる。可愛い後輩の頭を撫でながら、ボクは夏樹との未来を想像してみた。すると、意識していたからなのか頬が緩むのが自覚できた。

……………なるほど、確かにこれはバレバレだったかもしれないな。

◆

「ち……ちかれたあ～……」

バッグヤードに入るなり古林さんが椅子に崩れ落ちる。この一週間、古林さんは本当に頑張っていた。悪魔の週七勤務を無事に乗り切れたのは古林さんの奮闘によるところも大きいだろう。

「やっと終わったね。古林さんもお疲れ様」

「センパイもですよぉ……ああもう動けそうもない……」

古林さんはテーブルの上のチョコレートアソートによろよろと手を伸ばした。指運に任せて一つ摘まむと、迷いなく包みを開けて口へ運ぶ。テーブルに置いてあるお菓子は店長の私物のはずなんだけど、皆気にせず食べていた。店長お気に入りのビターカカオ味さえ枯らさなければ何かを言われることはない。そもそも店長は甘い物が苦手なはずなので、俺達が勝手に食べるのを想定して買ってきているような気もする。

脳が糖分を欲するままに俺もストロベリー味を口に運ぶ。立華さんもパフ味を食べていた。

「うっま……こんなにチョコが美味しいの生まれて初めてかも」

「疲労が一番のスパイス、ということかもしれないね。こんなに苦労して手に入れたエトワールはどれほど美味しいんだろうか」

「うわぁん……今すぐエトワールのケーキが食べたいですぅ……」

古林さんが腹から欲望を絞り出す。調べたところ、エトワールはお昼の短い時間のみ営業している。二十一時を回った今となっては店に誰一人いないはずだ。

「それはまたの機会だね。そういえば日程を決めていなかったけど、来週の土曜日で構わないかな？」

「あ、私は大丈夫です。一刻も早く食べたいですから」

「俺もいつでもいいよ」

「では決まりだね。ふふ、来週が楽しみだよ」

疲労を感じさせない溌剌とした笑顔だった。その下にどれほどの感情を忍ばせているのかと思うと、胸に刺すような痛みが走る。俺達のようにうだうだと弱音を吐きながらくだを巻くことすら立華さんはできないんだ。俺はそれを自業自得だとは思わない。俺や雀桜生や周りの人間全員が、立華さんから色々なものを貰っているんだから。

「………」

立華さんが更衣室に入ると、古林さんがじっ……と真っすぐ俺を見つめてきた。抗議なのか、それともエールなのか分からないが、何を言いたいかは強烈に伝わってくる。

「………」

俺は古林さんに頷いてみせた。古林さんはそれを確認すると、満足そうな顔で更衣室に歩いていく。本当にありがとう、古林さん。

「じゃ、お先です～」

古林さんがキィキィと自転車の音を響かせ走り始める。俺はそれを見送りながら、口が一歩踏み出すのを今か今かと待っていた。もう覚悟は決まっている。疲労のお陰か緊張はそこまでなく、不思議なくらいいいメンタルを維持できていた。正直、もっと緊張するものだと思っていた。

「――――一織」

俺の言葉に、立華さんが足を止める。

「ちょっと話したいんだけど、いいかな？」

そう言うと、立華さんは驚いたような表情を浮かべた。こんな「いかにも大事な話です」って誘い方をしたらそうもなるか。

「構わないよ。そこの公園でいいかな」

立華さんはすぐに平静を取り戻すと、駅の逆側を指差した。まさか俺が今から告白するつもりだとは想像もしていないだろう。

俺達は公園に移動するとベンチに腰を下ろした。街はもう眠りについていて、凄く静かな夜だった。皆、月曜に向けて英気を養っているんだろう。そんな中で、俺達だけが今を生きている。

「それで、話って?」

立華さんが俺の顔を覗き込むように見てきた。黒くて大きい瞳は暗い闇夜の中でも凛然とした輝きを放っている。うっすらと遠い街灯を浴びた肌は月のように白くて、今からこの人に告白するんだよなと考えると、自分のことながら笑ってしまいそうになる。それくらい無謀だった。

まあ、今さら笑いはしない。そうすると俺自身が決めたんだ。

「………」

いざとなると、言葉が出ない。いつの間にかガチガチに緊張していた。やっぱり一言一句練りに練って考えてくるべきだったか。作ってきた言葉では立華さんに届かない気がして、あえて何も考えてこなかったことが完全に裏目に出た。「好きだ」の三文字じゃ決して伝えきれないほどの想いがここにあるのに。

ふと空を見上げると、綺麗な月が浮かんでいた。そんな言葉で思いを伝えられることを知ってはいたけど、いざ口にするのは恥ずかしかった。普通に告白するよりハードルが高い気がしたし、何より自分の言葉じゃない。もしそれでダメだった日には夏目漱石を一生許せなくなる。

「……あのさ」

「うん」

「…………」

石になってしまったのかってくらい言葉が出なかった。頭の中ばかりがフル回転して、白い煙をあげている。

「ねえ、夏樹」

「え？」

「実はさ、ボクも夏樹に話があるんだけど」

「え、あ、話？　俺に？」

一体なんだろう。エトワールについてかな。それとも土日にバイトに入るって話だろうか。

「うん。あ、でも夏樹の後でいいかな。ちょっとだけ話したいことがあって」

「それならそっちが先でもいいけど」

「いや、全然大した話じゃないんだ。ああ、いや……大した話ではあるかもしれないけど、とにかく夏樹が先に言っておくれよ。そういう順番じゃないか」

「分かった……それなら俺から話すけど」

これからする話の内容を考えれば、その後に立華さんの話を済ませられるとは思えない。やっぱり立華さんからの方がいい気がしたけど、立華さんの意思は固そうだったし、これ以上順番に固執するのもおかしい。

……となれば、もう腹を括るしかない。

「えっと……一織」

「うん」

俺達は横一列に並んで座っているから、立華さんがどんな表情をしているのか分からない。それが嫌だった。こっちの方が恥ずかしいけど、しっかりと顔を見て言いたかった。

俺は顔を上げて、立華さんを見た。立華さんも下を向いていたけど、それに気が付いて目を合わせてくる。こんな時に限って立華さんは真剣な顔をしていた。いつものように余裕に満ちた微笑を浮かべてくれていたら、少しだけ緊張もほぐれたのに。

「俺さ」

「うん」

「めちゃくちゃ真剣な話なんだけど、俺さ」

「…………うん」

嘘みたいに身体が熱い。フラれるのは怖くないなんて嘘だった。この瞬間、はっきりとそれが分かった。俺は立華さんと付き合いたい。好きなんだから当り前だ。怖くて怖くて堪らない。

太陽はもう目の前だった。疲労と高揚で作ったはずの翼はとうの昔に溶け墜ちていて、それでも俺は、太陽に向かって必死に——手を伸ばした。

「一織のことが好きなんだ」

立華さんが僅かに目を見開いたのが、スローモーションのように見えた。

「最初はこの気持ちは『憧れ』なんだと思ってた。一織はかっこいい『王子様』で、俺はそんな一織に憧れているんだって。でも、少しずつそうじゃないことに気が付いたんだ」

まだ出会って二か月やそこらしか経っていないのに、立華さんへの印象は全く違うものになった。それくらい濃い時間を過ごしたんだ。

「一織を目で追うようになった。一緒にいるとドキドキするようになった。いつの間にか、一織は俺の中で可愛い『女の子』になってたんだ」

どうして誰も立華さんの可愛さに気が付かないんだろう。今となっては、それが不思議で仕方なかった。こんなに可愛い子は他にいないのに。

「ずっと一織と一緒にいたいんだ。絶対に一人にしない。だから——」

——立華さんが、俺の唇にそっと指で触れた。

「ボクの話、していいかな」

訳が分からず、今から言うはずだった言葉が頭の中で乱反射する。俺頑張るから。絶対に後悔させないから。一織に相応しい男になるから。いくらでも言葉が溢れてくる。俺はこんなに立華さんのことが好きだったんだ。こんなに沢山の言葉が俺の中に詰まっていたんだ。

「え、っと。うん、いいけど」

立華さんの表情は、ちょっと言葉にできなかった。嬉しいのか、悲しいのかすら分からない。真顔なんだけど無感情ではなくて、なんだか色々なものが混ざって結果的にこうなりました、みたいな、とにかく形容しがたい顔をしていた。いつもの方がかっこよかったけど、少なくとも立華さんのこんな顔を俺は初めて見た。それが凄く嬉しかった。もしかしたら最後になるかもしれないけど、いいものを見れた。かっこよくない立華さんなんて見ようと思って見れるものじゃない。

「………私、もね」

「うん」

「驚かないで聞いてほしいんだけど、私も」

「うん」

一人称が変わっていたことに、もしかしたら立華さんは気付いてなかったかもしれない。珍しく立華さんには余裕がなさそうだったから。俺の告白でそうなってくれたのなら素直に嬉しかった。

俺があの立華さんをこんな顔にしている。それ以上に嬉しいことなんて果たしてあるだろうか。

「私も、夏樹のことが好きだ。ボクはずっと………ずっとこれを、夏樹に言いたかったんだ」

十章　『王子様』の笑顔

待ちに待った土曜日は、梅雨に向けての最後の抵抗かと疑ってしまうくらい気持ちのいい晴天だった。

既に一織は紫鳳駅に到着しているようで、ルインには『この前と同じ場所で待っているよ』と連絡が入っている。あの日も一織は先に着いていて周囲の視線を独り占めしていた。

『着いたよ』待ち合わせ場所に到着した俺は一織の姿を探した。しかし、一織の姿は見当たらない。不思議に思いながら視線を彷徨わせていると、視界の端で一人の女性がこちらに歩いてくるのが分かった。白いワンピースを身に纏ったその女性は拗ねるように頬を膨らませていて、俺は慌てて謝罪の言葉を考える。

「酷いじゃないか。まさか彼女に気が付かないなんてね」

「いや、本当にごめん……まさかそれを着てるとは思わなくて」

気が付かなかったのも当たり前だ――だって一織は前回と同じく男装をしていると思っていたんだから。ワンピースを着た女性はチェックしてもいなかった。

「夏樹だってボクが買ってあげたシャツを着ているじゃないか。初めてのデートなんだから、ボクだってできる限りお洒落したいと思う女心くらいは持ち合わせているんだけどね」

「いや、それは疑ってないんだけどさ、今日って古林さんも来るじゃん。その服を見せちゃっていいのかなって」

ワンピース姿を見せるのは俺だけだと言っていたのは他でもない一織本人だ。だから俺は男装で来ると思っていたんだ。流石に二人きりのデートなら、一織はワンピースを着てくると思っていた。

「あれ、おかしいな。聞いていないのかい？」

一織は不思議そうに首を傾げる。

「りりむは急用で来れなくなったそうだよ。今朝ボクには連絡が来たんだけどね」

「えっ、そうなの？ 俺には何も来てなかったけど」

合点がいった。だから一織はワンピースを着てきたのか。図らずも二人きりのデートになったわけだ。

噂をすればなんとやら、ちょうどそのタイミングで古林さんからルインが来た。時計は予定していた集合時間ぴったりを指している。

『センパイ、デート楽しんできてくださいね。後で話は聞かせてもらいますからそのつもりで』

……そういうことか。古林さん、最初から来るつもりなかったな。まあ古林さんもカップルになった俺達と一緒に行くより、一人で行く方がゆっくり楽しめるのかもしれない。少し寂しい気もするけど、こうした方がお互い幸せな気もした。

「どうしたんだい？」

一織がスマホを覗いてくる。

「ああ、ちょうど古林さんから連絡が来てさ。私の分まで楽しんでくださいって」

「そうか。ならそうしようじゃないか」

一織が自然な動きで俺の手を取る。今日の一織は前回とは逆に、男性の視線を一身に集めていて、そんな一織が手を繋いできたものだから、一織が浴びていた視線が一斉に俺に向けられる。

……………頼むからそんな睨まないでくれ。気持ちは分かる。一織と俺が釣り合ってないって言いたいんだろう。

確かにそれは事実だ。でも、俺はそういうことを気にするのはもうやめたんだ。そんな気持ちがある限り一織に相応しい男にはなれない気がするから。

一織の手をしっかりと握り返して俺達は歩き出す。一織が驚いたように一瞬だけ俺を見て、そして嬉しそうに微笑むのが視界の端で分かった。

ほら、これで良かったんだ。周りの目なんて気にするより、一織が笑ってくれる方がずっと大事なんだから。

俺達はエトワールの前で足を止めた。店の前を通ったことはあるけど、まじまじと見るのは初めてだった。白を基調とした店の外壁には色とりどりの花が描かれていて、入り口の上部には店のロゴが金色に輝いている。恐らく「étoile」と書いてあるんだろう流れるようなデザインの文字もお洒落さが極まっていた。大きなガラス張りの窓から店内を見てみれば、見るからに富裕層と分かる夫人が縦長のシャンパングラスを上品に傾けている。

……場違い感が半端じゃない。高校生がデートで来ていいような場所なのかここは。調べたら普通に有名芸能人が食べに来てたりしているし、明らかに「街のケーキ屋さん」というレベルを超越している。

「……流石に少し緊張するね」

「一織でも緊張することがあるんだ」

「夏樹はボクをなんだと思ってるんだい？　でも確かにあまり緊張しないタイプかもしれないな」

「でしょ？　あ、でも告白した時は緊張してなかった？　珍しい表情だなって思ったんだよね」

「それを言うなら夏樹の方だろう。泣きそうになっていたくせに」

むすっとした表情の一織が間髪いれずに言い返してくる。表情こそ不機嫌だけど本気で怒ってるわけじゃない。これが一織なりの甘え方なんだってこの一週間で分かったんだ。

俺の彼女は意外と子供っぽいところがある。そこも可愛いんだけどね。

「うそ、そんな顔してた？　緊張はしてたけど泣きそうになった記憶はないんだけど」

正確には「あの瞬間は」だ。実は寝る前にベッドの中でちょっと泣きそうになった。それくらい嬉しかったんだよ。

「それはもう目に大粒の涙を浮かべていたよ。そんなに思い詰めるくらいならもっと早く告白していれば良かったのに」

明らかに誇張された嘘だった。いつも他人の視線を気にしている一織だからこそ、意識していない表情を見られたのが恥ずかしいんだろうなあ。

一織が抗議するように力いっぱい手を握ってきた。一織はかっこよくてキザで王子様だけど、それ以上に可愛い女の子だ。思い切り握られてもそこまで痛くはない。

「そもそもさ、それを言うなら一織から告白するって選択肢はなかったの？　結構前から俺のこと好きだったんだよね？」

「そんなのできるわけないじゃないか。あんなにアピールしても反応がない男に告白するのなんて、夜のホールを一人で回すくらい無謀だよ」

「それはめちゃくちゃ無謀だね」

最近の忙しさなら四人は欲しい。一人は営業終了レベルだ。

「そうさ。夏樹はボクになんて全く興味がないと思っていたんだ。そう思っているところに告白されたら、ボクだって変な顔の一つや二つはしてしまうんだよ。あの時のボクがどれだけビックリしていたか、夏樹には分からないだろうね」

一織がぷんすかと頬を膨らませる。

「それに、本当はボクの方が先に告白したんだ。夏樹は寝ていたみたいだけど」

「えっ、ホント⁉ ………もしかして、電話の時？」

記憶を手繰り寄せると、もしかして、という瞬間が見つかる。あの時、俺は一織に告白されるというとんでもない夢を見た。どうしてそんな夢を見たのか自分でも不思議だったんだ。

「ボクだって色々悩んでいたんだ。伝えたいけど伝えられない事情があったんだよ。まあ、結局告白してしまったんだけどね……」

「俺に告白したこと、後悔してる？」

「……後悔していたら、ここにいないさ」

そう言って一織が身体を寄せてくる。腕に感じる温もりが心まで伝播して、幸せが全身に広がる。エトワールのケーキより俺達の方が甘いんじゃないか。もし幸福感が甘さだとするならば、今の俺は相当甘い自信がある。

なんとなく言い合う空気じゃなくなった俺達は、少しの間、無言でこの空気を噛み締めた。

「……緊張もほぐれたしそろそろ入ろうか。ていうか、本当に入れるのかな？」

店長を疑うわけじゃないが、この店構えを見ると不安にならざるを得ない。

「どうだろうね。まあダメならデートして帰ろうじゃないか」

ダメならデートして帰る。なんて最高な提案だろう。お陰様で不安が全て吹き飛んでしまった。

「それもそうだね。じゃあ行こうか」

俺達は二人同時にエトワールのドアに手を掛け、店内に足を踏み入れた。


店内に入ると、一目で仕立ての良い生地だと分かる厚手のエプロンに身を包んだ女性が俺達を出迎えた。

「いらっしゃいませ。ご予約はされていますでしょうか？」

「えっと……これなんですけど」

俺は店長から貰った優待券を見せた。予約はしてないと説明しても良かったけど、それを他のお客様に聞かれるとエトワールの評判に関わると思ったんだ。「私達は頑張って予約したのに、特別に入っている人達がいる」というのは決していい気はしない。

「あっ、か、かしこまりました！　オーナーを呼んで参りますので少々お待ちください！」

店員さんは慌てて店の奥に引っ込んでいく。それと同時に店内のお客様がこっちを意識したのが感覚で分かった。どんな大物芸能人が来たのかと思われたかもしれない。

「店長って、一体何者なんだろうね」

一織が呟く。ただでさえ年齢不詳だった店長の謎が今回の件で更に深まってしまった。

店長が「昔世話してやった」というエトワールのオーナーは、調べたところによると人気モデルとしての顔も持っていて、最近はバラエティ番組などにもちょこちょこ出演しているらしい。そんなスーパーマンからの誘いを「サイベリアのポテトの方が美味いから」と断る店長の器と態度のデカさを感じずにはいられない。

「あ、あの人かな」

店の奥から、見覚えのある顔をした男性がこちらにやってくる。この距離からでも格好いいと分かるハッキリとした目鼻立ちは、昨日エトワールの公式サイトで見た写真そのままだ。

流石モデルというべきか真っ白なコック服をスマートに着こなしている。

フランス人の母と日本人の父を持つオーナーは今年で二十八歳らしい。店長の口振り的には店長の方が年上なんだろうけど、とてもそうは見えない。かといって店長が年下に見えるかと訊かれればそれもノーだった。

オーナーは俺達の前にやってくると握手を求めてきた。大きな手だ。そして力強い。これが一流パティシエのオーラ。

「よく来てくれたね、私がオーナーのポール・ヤマシタだ。気軽にポールと呼んでくれ。君のことはカオルコから聞いているよ。未来あるいい若者だとね」

「そ、そうですか。それは何か……どうもすみません」

カオルコというのは店長の名前だ。呼び捨てなのは外国ならではの感覚なのか、それともそれくらい仲が良いのか。とりあえず俺達が来るという話は通っていたらしくホッと一息つく。

「お嬢さんも。キミのお陰で店の雰囲気が良くなったと嬉しそうに言っていたよ」

「そうか。それは光栄だ」

一織の態度に、ポールさんは一瞬だけ驚いたような仕草をした。しかしすぐに白い歯を見せて笑う。イケメンが笑うと絵になるな。

「ナルホド、逸材だ。カオルコの店で働いてなかったら今すぐスカウトしたいくらいだよ」

「ありがたい話だが、ボクはサイベリアが気に入っているんだ。エトワールには客として来ることにするよ」

「ハハ、フラれてしまったか。どうも私は溌剌とした女性と相性が悪いらしい。カオルコに続いて二連敗とはね」

めちゃくちゃ気になることをポールさんは言う。だが詳しく訊ける間柄でもない。訊きたい気持ちをぐっと堪えた。

ポールさんに案内され、俺達は席に座った。真っ白で光沢のあるテーブルの上には小さな照明と花瓶が一つ置かれている。花瓶には色とりどりのバラが数本刺さっていて、見た感じどうやら本物のようだ。

「好きな物を好きなだけ頼んでくれ。値段は見なくて構わないからね」

「え、いいんですか？」

メニューを見るとケーキやタルトが一ピース三千円からだった。一ホールじゃなくて一ピースだ。上を探せばなんと五桁の物もある。とんでもない世界だ。

「カオルコの弟子からお金を取る気はないよ――そうだ、二人の為に用意したタルトがあるんだけど、食べてくれるかな？」

「え、本当ですか？　ありがとうございます、是非お願いします」

「ありがとう。凄く楽しみだよ」

「分かった。じゃあ少し待っていてくれ」

ポールさんは足早に店の奥に戻っていくと、皿を一枚だけ持ってすぐに戻ってきた。

「君達、付き合いたてなんだってね。これは私からのささやかなプレゼントさ」

それはそれは見事なハート型をした、真っ赤なタルトがテーブルに置かれた。

「リンゴとカシスのコンポートタルトだ。中にはこれでもかってくらいバニラムースを閉じ込めてある――とびきり甘い毎日になるように、ってね」

ポールさんはこなれた所作でウィンクをする。芸能人だからなのか、それとも元々そういう人なのかは分からないが、そういう仕草が様になっていた。少し話した印象ではなんとなく後者のような気もする。

「では、私はそろそろ行くよ。楽しんでいってくれ」

ポールさんが颯爽と去っていく。ポールさんは店の裏に戻るまでの間に何人ものお客様に話しかけられていた。凄い人気だ。

注文したドリンクが到着し、俺達は顔を見合わせる。

「……食べてみようか」

緊張の一瞬だ。ハート型のタルトをちょうど真ん中で割って、恐る恐る口に入れる。

——噛むまでもなかった。口に入れたその瞬間に、圧倒的な香りの暴力で全細胞が慌てだす。濃厚なリンゴとバニラと香ばしいキャラメルの風味。表面はパリッとしているのに中のムースはアイスのように柔らかく溶けだし、底の方ではしっとりとしたリンゴの果肉が待ち構えている。何層構造なんだこれは。

とにかく凄い。そうとしか言いようがない。何より驚きなのは、こんなに甘いのに全くくどくないということだ。なんなら後味は爽やかですらある。甘いのがそこまで得意ではない俺でもこれならいくらでも食べれる気がする。

顔をあげると、一織が珍しい顔をしていた。目つきはいやに真剣なのに口角が不自然に上がっている。笑顔が出てしまいそうなのを抑えているのが一目で分かった。

「ねえ、一織」

「ん？」

「今、俺しか見てないよ」

一織はきょとんとした表情になる。でもすぐに俺の言いたいことが分かったのか、ふっと小さく息を吐き出した。タルトを口に運び、ゆっくりと飲み込む。

「――幸せだね、夏樹」

初めて見る一織の満開の笑顔。

俺はこの瞬間を、ずっと忘れないだろう。

エピローグ

「ほう。そんなに美味かったのか」

「も～～～、トンデモなかったですよ！　なんですかあの手の込みすぎたケーキは！　イチジクなんて私は初めて食べましたよ！」

「あいつケーキにイチジクなんて使ってんのか。相変わらず変わってんなあ」

古林さんが身振り手振りを使って必死にエトワールの凄さを店長に伝えている。しかし甘い物嫌いの店長にはその熱意は届いていなさそうだ。店長はパソコンを操作しながら片手間で古林さんの話を聞いていた。

「変わってるのは店長の方ですっ。あんなに美味しいケーキを食べたがらないなんて……大人になるとそうなっちゃうんでしょうか」

「それは関係ないと思うよ。でも店長、一度行ってみたらどうですか？　甘い物得意じゃない俺でも美味しく食べられましたし、ポールさんも店長に食べてほしそうでしたよ」

実は退店する時にポールさんがやってきて「美味しかったらカオルコにアピールしてくれないか」と頼まれたのだ。これは完全に俺の想像でしかないんだが……ポールさんは昔お世話になったという店長に美味しいスイーツで恩返しをしたいんじゃないだろうか。であれば一度くらいそういう機会があってほしいと思うのが人情。

「どうしてそんなに私のことを気にするのかねえ…………私が甘い物嫌いだってあいつも知ってるはずなのにさ。まあ夏樹がそういうなら、一度くらい行ってやってもいいが」

「是非行ってみてください。メロンのケーキは結構甘かったので、それ以外がオススメです」

きっとポールさんも、もし店長が来るならこれを食べてもらいたいというケーキがあるはずだが、一応オススメを伝えておく。

「あとはキッシュも美味しかったよね。あれも甘くないからいいんじゃないかな」

更衣室から一織が出てきた。月が替わったので元のスーツ姿に戻っている。あの可愛いメイド服姿がもう見れないと思うと、少し寂しい。

「あれ美味しかったね。トッピングでキャビアを追加できるのはびっくりしたけど」

「キャビアがしょっぱい食べ物だと知れたし、いい体験だったよ。機会があればまた行きたいものだね」

ポールさんからは「いつでも歓迎するよ」と有難い言葉をかけてもらったけど、とはいえそれを鵜呑みにしていいものかは判断が難しい。お世辞を言うタイプには見えなかったけど、所詮は初対面の印象だし。

「…………あ、そういえば俺達が付き合っていることをポールさんが知ってたんですけど、あれって店長が伝えてくれたんですよね？」

初対面という言葉で思い出した。どうしてポールさんは、ひいては店長は、俺達が付き合っているることを知っていたんだろう。俺達の関係は誰にも言ってないし、古林さんにはバレているけど一応周りには隠してるのに。

「ああ、それはりりむに言われたんだよ。記念すべき二人の初デートだからいい感じにできないか──って」

「ふふふ、センパイは私に感謝してくださいね」

古林さんがえっへんと胸を張る。確かに古林さんが気を効かせてくれたお陰で最高の一日になった。

「ありがとう、りりむ。りりむのお陰で最高のデートができたよ」

お礼を言おうとしたところで一織が古林さんの頭を撫でた。古林さんはふへへと気味の悪い声をあげながらさりげなく一織に抱き着くと、挑発的な笑みを俺に向けてきた。

「センパイは一織様の彼氏かもしれませんけど、初めて一織様に抱き着いたのは私ですからね

……はっ⁉　まさかもう……⁉」

「いやいやないから。完全に古林さんに先越されたよ」

「やった～！」

古林さんが嬉しそうに跳びはねた。ま、まあ同性はノーカンだし全然悔しくはない。それに今抱き着けと言われても、それはそれで心の準備ができてないし。

　というか、思い返せば古林さんはちょくちょく一織にくっついている気がする。俺はとっくの昔に負けていた。

「残念だったな夏樹。しかしこれが恋愛競争の本質でもある。行動しなければ後塵を拝すことになるんだ。そして、それらは取り返しがつかないのさ」

　店長の忠告は有難かったが、できればもう少し早く言ってほしかった。そうしたら俺ももっと早く一織に抱き着——けるわけがない。服装は同じスーツ姿でも俺達は異性なんだから。そういうのはもっと、こう……風情と抱き合わせで起こるイベントだと思う。

「正直な、私はもっと早く付き合うと思ってたんだ」

　店長がとんでもないことを言い出した。

「え、なんでですか？」

　俺と一織が付き合うと決まっていたわけでもないのに。もしかして店長は俺のことを雀桜生なら誰でもいい男だと思ってたんじゃないだろうな。俺はちゃんと一織のことが大好きだし、一織以外と付き合うなんて考えられない男だ。

「だって五月の頭にはそういう雰囲気だったろう。ほら、二人でサイベリアにご飯食べに来た時」

「店長がポテト持ってきてくれた時ですか？」

　蒼鷹祭について一織に訊かれた時だ。まだ二か月しか経ってないのに、今では遠い昔のことのように感じる。

「そうだったかな。あの時、結構いい雰囲気だっただろ。こいつら五月中にくっつくなって思ったんだよ」

全然ピンとこなかった。あの時の俺は一織からの初めての呼び出しに完全に緊張していて、場の雰囲気なんてまるで感じられてなかった。傍から見て俺達はそんないい雰囲気だったんだろうか。一織に目を向けると、何故かうんうんと小さく頷いていた。

「ま、夏樹はやる時はやる男だから心配はしてなかったけどな――よし、じゃあそろそろ朝礼始めるか。終わったら私は帰るから夏樹、あとは任せたよ」

店長が立ち上がるのに合わせて俺達は打刻を済ませる。朝礼を終えると宣言通り店長は帰っていき、手洗いを済ませた古林さんが一足先にバックヤードから出ていった。

「……ねえ、夏樹」

バックヤードには俺と一織の二人だけだった。なんとなく距離感が近くなる。

「なに？」

「さっきの……気にしてるかい？」

声色で、一織も二人きりだと意識しているのが分かった。

「さっきのって？」

「ほら、一番先に抱き着いたのは夏樹じゃないって」

そのことか。相手が男だったら別だけど、古林さんなら全く気にならなかった。

「いや、別に気にしてない――」

「――抱き着く、かい？」

「え？」

まさかの言葉に思わず一織の方を見ると、一織は恥ずかしそうにそっぽを向いていた。耳がうっすらと赤くなっている。

「夏樹がどうしてもというなら……………抱き着いても構わないけど。夏樹は私の……………彼氏、なんだし」

「一織ッ!!」

「わぷっ!?」

可愛い彼女を抱き締めるのに心の準備なんて必要なかった。ただ心のままに行動するだけでいい。

「ちょっ、夏樹！　いきなりなんて卑怯じゃないか！」

「あっ、ごめん。一織が可愛すぎてつい………ダメだった？」

腕の中の一織はもぞもぞと身体を揺すると、表情を隠すように俺の胸に顔を埋めてきた。

「……………ダメとは言ってないだろう」

立華一織（たちばないおり）は『雀桜（じゃくおう）の王子様』と呼ばれている。
そんな王子様の可愛（かわい）さを、今は俺だけが知っている。

あとがき

王子様系ヒロインが好きすぎるんですよね。そんな気持ちが本になりました。とってもハッピーな遥透子でございます。

とりわけ私は『付き合っても王子様でいてくれ！』と思うタイプでして『かっこいい王子様が二人きりの時は可愛く甘えてきて……!?』のギャップの破壊力は理解しつつも、そういうシーンはアクセントレベルであってほしいと七夕の短冊に書いた記憶があります。幼稚園児の頃でしたかね。

本作のヒロイン・立華一織は、基本的にいつでもかっこいい女の子です。まあちょくちょくボロが出ていたりするんですが、一織の自覚的にはそうなっています。二人きりになっても、付き合い始めても、なかなか夏樹に甘えたりしません。でもそれは決して『キャラに合わないから』と無理をしている訳ではなくて、それが一織の自然体なんだと私は思っています。

そのかわりに甘える時は思いっきり甘えてくると思うので、その時は夏樹に頑張ってもらいましょう。夏樹ならきっと大丈夫なはずです。

話は変わりまして、作中に出てくるファミリーレストラン・サイベリア。これが某イタリアンレストランの名前に似ているという指摘を連載版のコメントや校正さんから頂いたのですが、実は私自身それに全く気が付いておらず、コメントで言われて初めて『確かに似てるな……というか、そうとしか思われないだろうな』とびっくりしたんですよね。サイベリアというのは私が好きなとある作品に出てくるクラブの名前が元ネタになっていて、イタリアンレストランの方は全く気にしていませんでした。ちなみに某レストランの好きなメニューはタラコソースシシリー風です。シシリーってなんだろう。

真面目な話はこれくらいにして、ここからの三ページは私の好き勝手に使わせて貰います。

痩せるぞ！！！！！！！！！！！！！！！！！！！！！！！！！！！！！！！！！！！！！！

はい。痩せます。

これを書いているのは十二月の半ばなのですが、三月までになんとか五キロ落とすことをここに宣言します。

普段は家から出ないので全く問題ないのですが、三月に外に出る予定があるんですよね。それまでに痩せなければならないという切迫した状況に追い込まれています。緊急事態です。

今のBMIが22・5なのでなんとか20・5まで落としたい所存です。因みに25までは標準体型らしいですが、私の腹回りは明らかに標準体型のそれではないので、恐らくこの基準は間違っています。

本作が発売される二月にはある程度痩せているはずなので、経過が気になった方はお気軽にTwitter（現X）で私に訊いてください。とりあえず来週からジムに通うつもりなので間違いなく痩せていると思います。

大丈夫なんだよな。マジで。


さて、冬といえば食欲の冬ですね。皆さんは焼肉と寿司ならどっち派でしょうか。私は生粋の焼肉派だったのですが、この歳になって寿司派に鞍替えしつつあります。『あー、焼肉食いてぇ』より『あー、寿司食いてぇ』の日の方が明らかに多いんですよね。

これはちょっとした事件で、そもそも私は海鮮がそこまで好きじゃないんですよ。イカとかタコとか全く心惹かれないんですよね。ハマチやビントロにも靡いたことはない。勿論、アジやイワシにも。

そんな私が、寿司派。

マジか。

これが歳を取るってことなのか。

気付けば周りも結婚し、家を建て、子供まで育て始めている。

そんな中、私はスシローでシーサラダ軍艦を頬張り、一言。

――美味い。

スシローのシーサラダ軍艦と茶碗蒸しは本当に美味しいので是非食べてみてください。これを伝えたいだけのあとがきでした。

本作のイラストを担当してくださっているはらけんし先生。昨日カバーを拝見しました。最高でした。感無量でございます。次のイラストを拝見する時をわくわくしながら待っています。本当にありがとうございます。

電撃の新文芸『売れ残りの奴隷エルフを拾ったので、娘にすることにした』に続いて本作も担当してくださっている編集さん。こだわって書いた部分に『いいですね！』とコメントくださるのが凄くやる気に繋がってます。またよろしくお願いします。本作も精一杯頑張ります。

出版に携わっていただいた全ての方々。皆様のお陰で本作を世に出すことができました。いつも本当にありがとうございます。これからもどうかよろしくお願いします。

いい感じに余白がなくなったので、これにて終わります。

マジで、本当に痩せててくれよ、二月の私。

◉遥　透子著作リスト

「女子校の『王子様』がバイト先で俺にだけ『乙女』な顔を見せてくる」（電撃文庫）

本書に対するご意見、ご感想をお寄せください。

ファンレターあて先
〒102-8177　東京都千代田区富士見2-13-3
電撃文庫編集部
「遥 透子先生」係
「はらけんし先生」係

本書は、カクヨムに掲載された『女子校の『王子様』がバイト先で俺にだけ『乙女』な顔を見せてくる』を加筆・修正したものです。

電撃文庫

女子校の『王子様』がバイト先で俺にだけ『乙女』な顔を見せてくる

遥 透子

2025年2月10日　初版発行

発行者　山下直久
発行　株式会社KADOKAWA
〒102-8177　東京都千代田区富士見2-13-3
0570-002-301（ナビダイヤル）
装丁者　荻窪裕司（META＋MANIERA）
印刷　株式会社暁印刷
製本　株式会社暁印刷

●お問い合わせ
https://www.kadokawa.co.jp/（「お問い合わせ」へお進みください）
※内容によっては、お答えできない場合があります。
※サポートは日本国内のみとさせていただきます。
※ Japanese text only

※定価はカバーに表示してあります。

ISBN978-4-04-916052-9　C0193　Printed in Japan

電撃文庫　https://dengekibunko.jp/

電撃文庫DIGEST　2月の新刊

発売日2025年2月7日

幼なじみが絶対に負けないラブコメ13
著／二丸修一　イラスト／しぐれうい

群青同盟最大の敵・哲彦と勝負することになった俺たち。そのテーマは告白。俺はこの動画対決で勇気を振り絞って告白する！　黒羽、白草、真理愛、三人とも本当に魅力的な女の子だけど――誰を選ぶかはもう決まった。

とある魔術の禁書目録（インデックス）外典書庫④
著／鎌池和馬　イラスト／冬川 基、乃木康仁

鎌池和馬デビュー20周年を記念し、アニメ特典小説を文庫化。とある魔術の禁書目録Ⅲ収録『とある科学の超電磁砲SS３』と書き下ろし長編『御坂美琴と食蜂操祈をイチャイチャさせる完全にキレたやり方』を収録。

七つの魔剣が支配するXIV
著／宇野朴人　イラスト／ミユキルリア

誰一人欠けることなく５年生となったオリバーたち剣花団。異端の「律する天の下」の大接近が迫るなか、キンバリー教師たちは防衛のため連合各地へと派遣される。しかし、それは異端の仕組んだ巧妙な罠で――。

ほうかごがかり4
あかね小学校

著／甲田学人　イラスト／potg

「知らなかった。わたしたちが、神様の餌だなんて」学校中の教室に棲む、『無名不思議』と呼ばれる名前のない異常存在。ほうかごに呼び出された「あかね小学校」の少年少女は、担当する化け物を観察しその正体を記録するが……。

宮澤くんのあまりにも愚かな恋
著／中西 鼎　イラスト／ぽりごん。

瑠音と付き合うことになった矢先、果南との肉体関係を持ってしまった俺。なんとか問題を解決するつもりだった。果南とは親友同士に戻り、瑠音とは裏表のない恋人に戻る。だが、そううまくいくはずもなく――。

メイクアガール
著者／池田明季哉　原作／安田現象・Xenotoon
監修・イラスト／安田現象

SNS総フォロワー600万超えのアニメーション作家・安田現象が贈る、人の心がわからない科学少年“明”と、人の心が芽生えはじめた人造少女“0号”が織りなす超新感覚サイバーラブサスペンスを完全ノベライズ！

メイクアガール
episode 0

著者／池田明季哉　原作／安田現象・Xenotoon
監修・イラスト／安田現象

SNS総フォロワー600万超えのアニメーション作家・安田現象が贈る初長編アニメーション映画『メイクアガール』。本編では語られなかった明の母、水溜稲葉が引き起こした「はじまりの物語」がスピンオフで登場！

新作　女子校の『王子様』がバイト先で俺にだけ『乙女』な顔を見せてくる
著／遥 透子　イラスト／はらけんし

圧倒的ビジュアルとイケメンすぎる言動で人気を集める『女子校の王子様』が、俺の働くファミレスに後輩として入ってきた。教育係に任命された俺は、同級生が誰も知らない、彼女の素顔を知ることになり――!?

新作　陰キャの俺が席替えでS級美少女に囲まれたら秘密の関係が始まった。
著／星野星野　イラスト／黒兎ゆう

陰キャオタクの泉谷諒太は席替えでクラスカーストトップの美少女３人に囲まれてしまう。平穏なオタクライフを楽しみたいだけなのに、彼女たちは諒太を放っておいてくれず!?

新作　ツッコミ待ちの町野さん
著／にちょぴん　イラスト／サコ

「水泳部の町野さんは部活に行く前に、僕しかいないドミノ部に顔を出す。コント仕立ての会話でボケ倒すので、僕はツッコまずにはいられない――」「いきなりラノベっぽいあらすじを語り始めてどうしたの、町野さん」